花は蒼天に舞う

桃花男子《とうかだんし》

岡野麻里安

white heart

講談社X文庫

目次

小松《こまつ》 千尋《ちひろ》

高校1年生で、英国人の父と日本人の母を持つ美少年。内弁慶で、やや人見知りする性格。親友の櫂とともに中華ふうの異世界・蓬莱《ほうらい》に飛ばされ、自分が伝説の巫女姫《みこひめ》・桃花巫姫《とうかふき》だと知らされる。太陰帝《たいいんてい》との闘いの末、元の世界に戻ってきたのだが、櫂とは離ればなれになってしまう。

尾崎《おざき》 櫂《かい》

千尋の幼なじみで、親友。黒髪と黒い瞳、凛《りん》とした面差しの美青年。もともとは千尋と同じ15歳だったが、異世界で再会したときには20歳になっていた。千尋への想いを遂《と》げ、結ばれるが、なんとその正体は龍月季《りゅうげっき》その人だった。千尋とともに元の世界に戻ろうと試みたが、香貴妃に阻まれ──。

桃花男子

登場人物紹介

楊《よう》
叔蘭《しゅくらん》

荊州《けいしゅう》の神獣の祠《し》堂《どう》を護っていた美貌《びぼう》の巫子《ふし》。長風旅団に所属。23歳。

李《り》
姜尚《きょうしょう》

王に逆らう地下組織、長風旅団《ちょうふうりょだん》の指導者。大熊《おおくま》猫《ねこ》の芳芳《ほうほう》を溺愛している。22歳。

香貴妃《こうきひ》

蓬莱王の寵妃《ちょうひ》で、妖艶《ようえん》な黒髪の美女。後宮で権勢をふるう。

崔《さい》
烏陵《うりょう》

王に仕える丞相《じょうしょう》（王の補佐役）。司馬瑛《しばえい》とは正反対の性格だが親友。

趙《ちょう》 朱善《しゅぜん》

禁軍《きんぐん》の武官だったが、大失態を演じたため獄吏《ごくり》に降格された。

司馬《しば》 瑛《えい》

王に仕える秘書令《ひしょれい》。崔烏陵とは親友同士だが、妙《みょう》な性《せい》癖《へき》がある。

大巫子《たいふし》

王都の七宝台《しちほうだい》にいる引退した巫子の長。物知りで、千尋と櫂に元の世界へ帰る方法を教えてくれる。

イラストレーション／穂波《ほなみ》ゆきね

花は蒼天に舞う

桃花男子《とうかだんし》

序章

冬の遺跡に陽《ひ》が射《さ》していた。

立ち並ぶ石の柱はあるものは崩れ、あるものは倒れている。

遺跡の奥の広場には九つの輪が縦三つ横三つ、それぞれつながって四角い形になった九連環《きゅうれんかん》の紋様が描かれていた。

九つの輪のなかには、それぞれ白黒の大熊猫《おおくまねこ》が座っている。

大熊猫たちの側《そば》には、九人の男たちがいる。なかには顔を白黒に塗った者や、大熊猫の耳に似た頭飾りをつけた者など、異様な風体《ふうてい》の者もいる。

まー。

一頭の大熊猫が鳴くと、つづいて二、三頭がまーと唱和する。

男たちが緊張する。

「いけるか？」

「さあ……どうかな」

みながずっと待っているのは、九頭すべてが声をそろえて鳴く瞬間である。

しかし、九頭すべてが鳴くことはなかった。

「そろそろ、一休みしましょうか。みなさんの緊張も限界でしょう」

ため息をついて言ったのは、ひときわ目立つ長い銀髪の美青年だ。

青年の名は、楊叔蘭《ようしゅくらん》。荊州《けいしゅう》の巫子《ふし》で、現在はここ、桑州《そうしゅう》の遺跡で召喚法の真っ最中だ。

叔蘭の傍らで、一番大きな大熊猫――芳芳《ほうほう》がころんと横になった。

別の大熊猫がまーと鳴いて、後脚で立ちあがる。

「ぜんぜん息があいませんね。前にやった時は、三日目には七匹くらいはそろっていたのに。こんなことで、桃花巫姫《とうかふき》を呼び戻すことはできるんでしょうか」

叔蘭の右隣にいた青年が呟《つぶや》いた。袍を着て、頭巾をかぶっているところまでは普通だが、目のまわりを黒く塗りつぶしている。大熊猫、明明の飼い主だ。

この九人と九頭は三日前から、ここ桑州の遺跡に集まり、九連環の上で大熊猫たちの〈気〉をあわせ、異世界から桃花巫姫を召喚しようとしているのだ。

難しいと言われる召喚法は、一度は成功した。

叔蘭たちは桃花巫姫、小松千尋《こまつちひろ》を異世界から呼びだすことができた。

しかし、千尋は三ヵ月ほど前に異世界へつづく光の扉のむこうに消えた。

以来、この世界——蓬萊《ほうらい》は坂を転がり落ちるように闇《やみ》に呑《の》みこまれつつある。

冬の訪れが早すぎたせいか、飢えた獣が山から下りてきて、坊里《むらざと》をうろついている。陰の気の化身、地狼《ちろう》の姿も以前よりもずっと数を増していた。

悪いことに、桃花巫姫が消えた時、蓬萊を護《まも》る五体の神獣のうち、一体が千尋とともに異世界に行ってしまったのだ。

そして、混乱のなかで、丞《じょう》相《しょう》、崔《さい》烏《う》陵《りょう》は残る四体の神獣たちの祠堂《しどう》を破壊するという暴挙に出た。

祠堂が破壊されたことにより、四体の神獣たちは消滅した。

神獣に仕える五名の巫子たちもある者は投獄され、ある者は行方知れずとなり、祠堂の廃墟《はいきょ》は放置された。

五体の神獣がいなければ、この世界は成り立たない。

すべての神獣たちが消えた今、蓬萊に再び春がめぐってくる保証はなかった。

今、人々に残されたのはただ一つの希望だけだった。

千尋とともに異世界に逃れた蘭州《らんしゅう》の神獣が、無事でいるに違いないという望みである。

成功の確率はかぎりなく零《ぜろ》に近かったが、叔蘭たちは再び、召喚法を行う決意を固めた。

本来は夜に行う法術だ。

しかし、大熊猫たちが寒がり、いっそう動きが鈍るので、今朝から方針を変え、陽のあるうちになだめすかして鳴かせようとしている。

九頭が九連輪のなかで同時に鳴けば、異世界へ通じる門が開く。

その遠大な道のりを思って、叔蘭はため息をついた。

無理をして、王都、亮天《りょうてん》から芳芳を連れてきたが、いつまでも亮天を留守にするわけにはいかない事情があった。

王都を離れていられる時間は、せいぜいが十日というところだ。

「信じるしかありません。桃花巫姫は……千尋さまはかならず、蘭州侯《らんしゅうこう》とともに蓬萊に戻っておいでになると」

見上げる空はどこまでも青く、冷たい色をしている。

(千尋さま……)

あの美貌《びぼう》の少年は、今、どうしているのだろう。

第一章　蓬莱《ほうらい》を遠く離れて

午後の商店街を、一人の少年が歩いていた。

学生服姿で、学生鞄《がくせいかばん》とスポーツバッグを持っている。やや長めの髪は天然の栗色《くりいろ》で、首が長く、肩や腕の線が細い。瞳《ひとみ》の色は日本人にはめずらしい、はしばみ色だ。

少年は、一軒のフラワーショップの前で足を止めた。

色とりどりの花の一角に、白い花だけ置いたスペースがある。百合《ゆり》、かすみ草、薔薇《ばら》、白牡丹《はくぼたん》、白いアネモネ。

（薔薇は喰《く》わねえよな。五弁じゃねえし……）

少年――小松千尋《こまつちひろ》は、ガラスごしにぼんやりと薔薇の花を見下ろした。

横を通り過ぎる同じ学生服の少年たちが、チラチラとこちらを振り返っていく。

「すっげぇ美人じゃん。誰だよ、あれ？」

「一年だろ。陸上部の」

「ハーフなのかな。綺麗《きれい》だな」

ささやく声は、千尋のところまでは届かない。

千尋はため息をついて、家にむかって歩きだした。

以前なら、学校帰りの千尋の横にはいつも幼なじみの少年の姿があった。

尾崎櫂《おざきかい》。同じ十五歳で、頭もよく、スポーツ万能で、弓道部の期待の星だった。

奥手で人見知りする質《たち》の千尋とは違って、女の子たちに大人気で、いつも集まるなかで一番綺麗な子を彼女にしていた。

小さな頃から、櫂は千尋が近所の子供たちにいじめられるたびにかばってくれた。

千尋にとっては、家族以外で唯一、心の底から信頼できる相手だった。

だが、その櫂は今、行方不明だ。どこにいるかは、千尋しか知らない。

今、櫂は蓬莱と呼ばれる異世界にいるのだ。龍月季《りゅうげっき》という名を持つ王として。

むろん、そんなことは心配している櫂の家族にはとても言えないのだが。

（なんとかして、櫂のところに戻らなきゃなんねえのに……帰る方法もわかんねえし、神獣もなんか調子悪《わり》ぃみてぇだし）

神獣はもともとは蓬莱の五つの州の一つ、蘭州《らんしゅう》を守護する聖なる獣だった。彼らは血や死の穢《けが》れを嫌い、瑞香《ずいこう》と呼ばれる白い五弁の花しか食べない。

しかし、千尋とともに蓬莱にやってきた神獣は、もとの姿には戻れなくなったようだ。

白猫の姿に固定されたまま、神獣としての力も使えない。

最初の何日かは、神獣も千尋が呼びかけると思念で応《こた》えてきたが、最近ではほとんど反応しなくなっている。

それどころか、だんだん普通の猫のようにニャアと鳴くようになってきたので、千尋は心配していた。

(まさか、このまま、ただの猫になっちまわねえよな?)

白猫はまだ、こちらの世界のキャットフードには口はつけていない。水を飲んでいる形跡もない。

その状態で、もう一週間になるので、千尋も家族も心配していた。

千尋はフラワーショップでいろいろな白い花を買っていっては「食べるか?」と差し出してみるのだが、白猫は匂《にお》いを嗅《か》ぐ素振りもなく、キョトンとしている。

(五弁の白い花、なんかねえかなあ……。あとで、ネットで調べてみよう)

もう一度、重たいため息をもらし、千尋は家にむかった。

季節は春。いつもの年ならば、そろそろゴールデンウィークの予定を考えはじめている頃だ。

けれども、今年は連休前の浮き立った気分にはほど遠い。

＊　　＊

玄関の鍵《かぎ》を開け、自宅に入る。

「ただいまー」

母親の「おかえりなさい」の声は聞こえなかった。近所に買い物にでも出ているのかもしれない。

廊下の隅に白猫が横になっているのが見えた。両脚を投げだし、具合が悪そうな様子だ。

「シロ？」

シロというのは、千尋がつけた神獣の名前である。

白猫は、だるそうに目を開けた。しかし、すぐに瞑《つむ》ってしまう。

昨日までは、ぼんやりと感じていた思念も伝わってこない。

「おい、シロ？　神獣？」

（なんかあったのか？）

千尋は白猫に近づき、瘦《や》せた身体《からだ》に軽く手を置いた。

けれども、神獣の反応はない。

あらためて、千尋は白猫の腹が凹《へこ》み、毛艶《けづや》が悪くなっているのに気がついた。

(そうだよな……。一週間、飲まず喰わずだもんな)

普通の生き物なら、とっくに死んでいてもおかしくない。

そう思って、千尋はゾッとした。

こちらの世界にきた神獣は、いつまで「普通でない生き物」でいられるのだろう。

思念に応えなくなり、以前のような意思の疎通ができなくなり、ニャアとしか鳴かなくなったこの生き物は――果たして、まだ「普通でない生き物」なのだろうか。

(これがただの猫なら……やばい)

千尋は慌てて学生鞄とスポーツバッグを玄関に放りだし、白猫を抱えあげた。

白猫はぐったりしたまま、苦しげな息をしている。

指先に触れる毛はボソボソしていて、嫌な感じに乾いている。普段はピンクのはずの口の端も黒っぽく乾燥していた。

「獣医行くぞ！　いいな！　連れていくからな！　しっかりしろよ、シロ！」

焦りながら家のなかからバスタオルを探してきて、白猫をくるむ。そのまま、外に出て、自分の自転車の前籠《まえかご》にそっと入れる。

(たしか、駅前に動物病院があったはずだ。点滴か何かしてもらおう。金足りるかな……。足りなきゃ、あとで母さんに電話して……)

家を飛びだし、全速力で自転車を漕《こ》ぎながら、千尋は何度も前籠に目をやっていた。バスタオルからのぞいた小さな頭が、自転車が振動するたびに小刻みに揺れる。それがかわいそうで、もっとクッションになるものを入れてやればよかったと思う。

「死ぬなよ、シロ。頼む……！」

神獣が死んでしまえば、蓬萊とのつながりは絶たれる。

二度と櫂に会うこともできないだろう。

（そんなの嫌だ……！）

――愛している。

耳の奥に櫂の切なげな声が甦《よみがえ》ってきた。

思いもかけず、親友だと思っていた相手に抱かれた夜。

あの時の櫂の唇も眼差《まなざ》しも声も、千尋のなかにはっきり残っている。

それなのに、すべてをなかったことにして、たった一人、こちらの世界で生きていけというのか。

（嫌だ……絶対に！）

櫂がいない一週間のあいだに、千尋は痛いほど思い知らされていた。

自分にとって、あの幼なじみがどれほど、かけがえのない存在であったのか。

櫂がいなくても陽《ひ》は上り、腹は減る。

それでも、櫂がいなければ、自分は生きていけない。
今の自分は、魂の一部をもぎとられたようなものだ。
このままではいけない。このままでは、自分は自分でなくなってしまう。
——おまえの側《そば》にいると、しっくりくるな。
懐《なつ》かしい櫂の口癖が耳の奥に甦る。
側にいることでしっくり感じていたのは、櫂だけではなかったのだ。
あまりにも近くにいすぎて、大切なことに気づかなかった。
(櫂……!)
千尋は、ペダルを漕ぐ足に力をこめた。
行く手に、駅前につづく大きな交差点が見えてくる。
信号は青。
「もう少しだからな。辛抱しろよ、シロ。病院についたら、楽になるから」
話しかけて、交差点を走りぬけようとした時だった。
ふいに右手のほうから大型トラックがつっこんできた。
(嘘《うそ》……⁉)
急ブレーキをかけると、白猫の身体が前籠から放りだされそうになる。
(ダメだ! 落ちる!)

そう思って、手をのばした瞬間、すさまじい衝撃があった。自転車が倒れ、身体が宙に浮くのがわかる。

（オレ……死ぬのかな……）

一瞬、青い空と道のむこう側にある煉瓦色《れんがいろ》のマンションの外壁が見えた。

再び、叩《たた》きつけるような衝撃が走り、千尋の意識は消滅した。

＊　　　＊

気がつくと、視界に白いものが舞っていた。

ひどく寒い。

信じられなくて見上げる頬《ほお》に、白いものが舞い落ちてくる。

一瞬、ヒヤッとして溶けたものは、どう考えても雪である。

（なんで……？）

春の午後なのに、どうして雪が降っているのだろう。

千尋は戸惑い、起きあがった。

（たしか……トラックにぶつかったはずじゃ……。でも、怪我《けが》してねえみてえだし）

身体はどこも痛くなかった。それが不思議でたまらない。

（……っていうか、なんでこんなに寒いんだ？　事故って記憶なくして、冬になっちまったのか？）

身につけているのは学生服。足には、蓬萊を歩き回った時と同じスニーカー。紐《ひも》だけは帰ってから新しくしたが、それ以外は前と変わらない。

地面は雪で真っ白になり、枯れ木の枝に新雪が積もっていた。東京で降る湿った雪とはまったく違う、乾いてサラサラした雪だ。

見回すと、右手のほうに瓦屋根《かわらやね》のついた土塀が見えた。瓦屋根も雪で白くなっている。

どうやら、自分がいるのはどこかの屋敷の庭のようだ。

広い庭のむこうに、雪に覆われた中華ふうの二階建ての建物と瓦屋根の三層の高楼が見えた。斜め格子の入った丸窓には、障子紙のような紙が貼《は》られている。

（ここ……どこだよ？）

季節が冬なのが変な気がするが、蓬萊に戻ってきたのだろうか。

そう思ったとたん、櫂の姿が脳裏に浮かんだ。

龍月季として君臨していた黒髪の青年の姿が。

（戻れた……のか？）

まだ、蓬萊だという確証もないうちから期待しすぎてはいけない。蓬萊ではなくて、もっと別の場所に飛ばされてしまった可能性もある。

自分に一生懸命、そう言い聞かせながらも、期待に胸が高鳴った。

櫂は、どんな顔をして自分を迎えてくれるのだろう。

（びっくりするかな。でも、きっと喜んでくれる。……そうだ。櫂の親父《おやじ》さんとおふくろさん、無事でいるって知らせねえと。心配してるはずだから……）

一刻も早く、ここが本当にどこなのか、たしかめなければならない。

もし、蓬萊なのだとしたら、王都の亮天《りょうてん》まであまり遠い場所でなければいいと思う。

（それにしても寒いな……。どっかで身体を温めて、上に着るものをどうにかしねえと）

少しでも身体を温めようと足踏みしていると、千尋の視界の隅で白いものが動いた。

見ると、白猫が腹まで雪に埋まるようにして歩いていた。赤い首輪が重たいのか、妙に前屈《まえかが》みになっている。

白猫の歩いた跡に、首輪を引きずった線がつづいていた。

家で見た時と違って、鼻は桃色で毛並みも艶々《つやつや》している。瀕死《ひんし》の状態だったのが嘘のようだ。

「いたのか、シロ。よかった……！　おまえ、大丈夫か？」

白猫は勿忘草色《わすれなぐさいろ》の瞳で千尋を見、尻尾《しっぽ》をピンと立てて近よってきた。

ここにきたら、白猫が元気になったということは、やはり、この雪の積もった場所は蓬菜なのだろうか。

だが、白猫は以前のように豹《ひょう》の姿になって、えらそうな思念を発することはない。これでは、むこうの世界にいた時とあまり変わらなかった。

白猫が歩くたびに、重たげに首輪の金の鈴が揺れる。

「どうしたんだ、おまえ？　それに首輪、変だぞ。なんかでかくなってねえ？」

千尋は白猫の前にしゃがみこみ、鈴をつかんだ。指先に触れた鈴は四角くて、ゴツゴツした彫刻がついているのがわかる。

（どう考えても鈴じゃねえし）

白猫は千尋を見上げ、声を出さずにニャアと口だけ動かしてみせた。

「なんで、こんなものぶらさげてるんだよ？　重いだろ。外すぞ」

むこうにいるあいだ、白猫は首輪を外そうとすると爪《つめ》をたてて嫌がった。

また抵抗されるかと思ったが、ここでは素直に首輪を外させてくれた。

首輪についた金の四角いものは千尋の手のなかで、ずしりと重かった。どう見ても純金だ。

ひっくりかえしてみると、四角いものには千尋には読めない象形文字のようなものが彫りこまれていた。

（これ……判子《はんこ》だよな）

首が軽くなった白猫は、満足げに後脚で耳の後ろを掻《か》いている。

千尋は、まじまじと判子を見下ろした。溶けた雪が指先と判子を濡《ぬ》らし、かじかんだ手がいっそう冷たくなってくる。

（なんで、鈴がこんな判子に変わっちまったんだ？）

少し考え、千尋は重たい判子を学生服のポケットにつっこんだ。面倒なことは考えてもしょうがない。

それから、白猫の頭を軽く撫《な》でてやる。

「なあ、神獣、なんかしゃべれよ」

白猫は勿忘草色の目で千尋を見、ゴロゴロと喉《のど》を鳴らすばかりだ。

本当に、ただの猫になってしまったのかもしれない。

不安な気持ちで、千尋は白猫を見下ろした。

（オレのせいなのかな……）

そんな千尋と白猫の上に、雪が降りかかってくる。

「寒……」

千尋は身震いし、空を見上げた。

いつまでも、こんなところにはいられない。とにかく、ここがどこなのか確認しなければならない。

（あそこに行ってみよう）

二階建ての建物にむかって歩きだす。白猫も尻尾を立てたまま、ついてきた。

あともう少しで、建物の玄関というところだった。

ふいに、後ろで人の気配がした。

（え？）

振り返るのと同時に、三、四人の青年たちが襲いかかってきた。

金髪や黒髪、鉄色の髪と外見はバラバラだが、身につけているのは全員が藍色《あいいろ》の中華ふうの衣――袍《ほう》である。蓬萊の人々の服装によく似ている。

（なんだよ、これ……!?）

悲鳴をあげたくても、手のひらで押さえつけられ、口が開かない。羽交い締めにされて、千尋は暴れだした。激しく頭を振った弾みに、口から手が離れる。

「やめろ！　放せよ！　乱暴するな！」

けれども、青年たちは無言のまま、千尋を地面に押さえこみ、腕に縄をかけようとする。みな、俳優のように端正な顔だちだが、身のこなしは訓練された武人のものだ。

「やめろ！　話を聞いてくれ！」

千尋の叫びに対する返事はない。言葉が通じないのだろうか。

（どうしよう……）

その時だった。

「やめるのじゃ」

左手のほうから、聞き覚えのある老人の声がした。

（え……？　この声……！）

地面に両膝《りょうひざ》をつき、前屈みになった状態で声のほうに視線をむけると、小柄な老人が立っているのが見えた。

白髪交じりの髪は枯れ草色。瞳の色は鮮やかな青。鼻筋のすっととおった顔は、若い頃はさぞかし美男であったろうと思わせる。痩せ気味の身体を包むのは、青灰色《せいかいしょく》の袍だった。

（司馬《しば》……！）

千尋の心臓がどくんと跳ねた。

この老人の名は、司馬瑛《えい》。

蓬莱王に仕える文官で、秘書省の長官——つまり、秘書令《れい》である。

美形ばかりの細作《さいさく》集団を操り、鵬雲宮《ほううんきゅう》内外の情報を独自に集める有能な官吏だが、女嫌いの美青年好きという性癖が玉《たま》に瑕《きず》だ。

（こいつがいるってことは……やっぱ蓬萊か……！）

こんな時だというのに、千尋はホッとしている自分に気づいた。

望みどおり、帰ってくることができたのだ。

耀のいる世界に。

(よかった……!)

耀は、どこにいるのだろう。まだ、蓬萊王として鵬雲宮にいるのだろうか。

なんとかして、耀に会わなければならない。

「なんじゃ、こんなところにおったのか、千尋殿」

司馬は千尋を見、青い目をパチクリさせた。

千尋を捕らえていた相手が、手を離す。青年は目で千尋に一礼し、すっと後ろに下がった。

千尋は知らないことだったが、青年たちは司馬の細作である。

「すいません。入りこむ気じゃなかったんです」

(ここ……爺《じい》さんの家か?)

雪を払いながら、千尋は立ちあがった。

たしか、帰還する直前、自分は司馬と丞相《じょうしょう》の崔烏陵《さいうりょう》に命を狙《ねら》われていたはずだ。

烏陵は、桃花巫姫《とうかふき》を邪魔者として殺そうとしているのだ。

そして、千尋は烏陵の屋敷で、神獣といるところを女官の一人に目撃されるというミスを犯してしまった。

あの後、暗器《こがたな》を持った刺客《しかく》が千尋に差し向けられた。

幸い、それは神獣によって阻止されたが——。

(やべえ。逃げなきゃ……)

焦る千尋を見、司馬は怪訝《けげん》そうに尋ねてくる。

「おまえさん、長風旅団《ちょうふうりょだん》といたんじゃないのか?」

「え? いえ……オレ、異世界から戻ってきたばっかりですけど」

自分が異世界へ通じる光の扉をくぐった時、司馬も烏陵とともにあの場にいたはずだ。

何か勘違いしているのだろうか。

(ボケるには早すぎるよな)

そんな失礼なことを考えて、千尋は心のなかで首を横に振った。

司馬の目の色も口調もはっきりしている。

「異世界から戻ってきただと? たった今か?」

びっくりしたように、司馬は千尋の言葉を繰り返す。

なぜ、そんなに驚いているのか、よくわからない。

「はい……たぶん」

言いながら、千尋はゆっくりと一歩下がった。

さり気なく、また一歩下がる。

逃げだす呼吸を計《はか》っていると、司馬がそれを察知したように言った。

「逃げなくていいぞ。わしは、おまえさんの味方じゃ」

「味方？」

（いつの間に味方になったんだよ？）

そう思う気持ちが顔に出たのか、司馬が苦笑して尋ねてくる。

「わしが信じられぬか？」

「だって、丞相殿と仲がいいし……」

面とむかって信じられないと言うわけにもいかず、そう答えると、司馬はどことなくつらそうな目になった。

「うむ。仲は悪くはないが、近頃の烏陵はわしと少々、意見を異《こと》にしておる。烏陵は桃花巫姫を目の敵にしておるが、わしは桃花巫姫の……つまり、おまえさんの味方じゃ。以前は違ったが、おまえさんと神獣を見てから、考えをあらためた」

（丞相となんかあったのか？　喧嘩《けんか》したとか？）

困惑している千尋の足もとに、白猫がすりよってくる。

司馬が白猫を見下ろし、わずかに目を細めた。

「これは……神獣さまか？」

周囲の美青年たちが、ハッとしたような表情になって白猫に視線を落とす。

あらためて、猫が純白だということに気づいたようだ。

この世界で、純白の生き物は神獣だけだ。他の生き物は、かならず身体のどこかに別の色が入っている。

千尋は妙に緊迫した様子の美青年たちを見、司馬を見た。

なんと答えていいのかわからない。

蘭州の神獣がニャアとしか鳴かなくなったと言えば、みな、衝撃を受けるのではないか。

(どうしよう……)

司馬は「子細《しさい》があるようじゃな」と言いたげな目になって、うなずいた。

「ここで立ち話もなんじゃや。房《へや》に入ろう」

＊　＊

連れてこられたのは、母屋から少し離れたところにある二階建ての小さな建物だった。

室内は焦げ茶と白で統一されており、めずらしく蓬莱の人々の好む赤が使われていない。

「やはり、あの時、異世界に戻っておったのか……」

千尋を飴色《あめいろ》の木の椅子《いす》に座らせ、司馬が感慨深そうに呟《つぶや》く。

白猫は千尋の膝に乗り、目を閉じて丸くなった。だいぶ寒い思いをしたのか、肉球が冷たくなっている。

「さっきもそんなようなこと言ってましたけど、オレがむこうに戻るの、見てませんでしたっけ?」

「うむ。たしかに見たが……長風旅団に桃花巫姫がおいでになるという噂《うわさ》が立っておっての。確認してみたところ、たしかに、おまえさんにそっくりの娘だったのだ。遠目に見ただけで、細かいところまではわからなかったが、背の高さも歩き方も同じじゃった。おっぱいはあったがの」

長風旅団は、神獣の祠堂《しどう》を破壊しようとする王に抵抗する地下組織である。柏州《はくしゅう》の府城《みやこ》、臥牛《がぎゅう》にある柏州大学の学生たちが中心だが、王都亮天にも仲間たちがいる。

長風旅団の頭目《とうもく》、李姜尚《りきょうしょう》は闊達《かったつ》で、人好きのする好漢だ。姜尚の生まれは梧州《ごしゅう》。端城《たんじょう》の人である。もともとは柏州大学の学生で、科挙《かきょ》を目指していた。

蓬萊に初めて来た時、千尋は右も左もわからない状態で王の兵に追われ、姜尚に助けてもらった。

そして、そこで自分を異世界から召喚したのが姜尚の幼なじみで、荊州巫子《けいしゅうふし》の楊叔蘭《ようしゅくらん》だということを知らされた。

長風旅団は王と戦うため、桃花巫姫の力を必要としていた。

しかし、姜尚は桃花巫姫であることを千尋に強制しようとはしなかった。千尋が自分の意思で蓬莱と民のために戦う気になるまで、黙って見守ると言ってくれた。

そんな姜尚に率いられている組織であるから、集まる者もそれなりの男気のある人間が多い。楊叔蘭もその一人だった。

「長風旅団にオレのそっくりさん……ですか？　女の子で？」

千尋は、眉根《まゆね》をよせた。

自分に瓜二《うりふた》つの桃花巫姫というのは、ようするに偽者ということになるのだろうか。

(何があったんだ、オレのいないあいだに……？)

姜尚に会って、事情を聞かなければいけない。

もしも、本当に自分そっくりの偽者を桃花巫姫に仕立て上げているのならば、それは困ると言わなければならないだろう。

「ところで、おまえさん、わざわざこの時期に戻ってきたのは計算してのことかの？」

碧玉《へきぎょく》のような青い目が、じっと千尋を見る。

「わざわざって？」

「知らんのか？　主上と香貴妃《こうきひ》の婚礼が近いのじゃよ」

司馬の言葉に、思わず千尋は立ちあがった。

椅子がバタンと音をたてて倒れる。放り出された白猫が不満げにこちらを見上げる。

「主上が⁉」

（なんでだよ⁉　なんで、香貴妃と……⁉）

ひどく裏切られたような気分になった。

どうして、そんなことになってしまったのだろう。自分を愛していると言った青年が、なぜ別の人間と結婚するのだろう。

（そんなのありえねえ。櫂にかぎって……。結婚……？　なんかの間違いじゃねえのか？）

混乱する千尋を見、司馬はため息をついた。

「知らなんだのか。実は、最近、香貴妃の懐妊がわかったのじゃよ」

「かいにん……？」

意味がわからず、千尋は首をかしげた。

司馬は、手で腹を膨らませる仕草をしてみせる。

「赤ん坊ができたのじゃよ」

「赤ん坊……⁉」

呆然《ぼうぜん》として、思考が止まる。頭のなかが真っ白になってしまって、言葉が出ない。

（誰の子だよ？　まさか……）

まさか、そんなことがあるだろうか。

耀の子のはずがない。ありえない。

だが、王の子でなければ、香貴妃を花嫁に迎えることなどないはずだ。

わかっていても、信じたくない。頭のなかが真っ白になってしまう。

司馬は気の毒そうな目で千尋を見、静かに言った。

「寵妃《ちょうひ》に子ができても、おかしくはなかろう。よりによって、あの女に……とは思うがの。もしも男子が生まれれば、厄介なことになるじゃろうな。跡継ぎができれば、最悪、主上は用済みじゃ。主上を廃王とし、何もわからぬ赤子を玉座につけ、誰かが輔弼《せっしょう》として国政をほしいままにする可能性もなくはない」

司馬の言葉は、千尋の耳に半分も入らなかった。

（耀と香貴妃の子供……。そんなの嫌だ……！　なんで、子供なんか……耀！）

「婚礼は三日後じゃ」

茫然自失《ぼうぜんじしつ》していた千尋の耳に、司馬の声が届いた。

「三日後⁉　いつ決まったんですか……⁉」

司馬は、重苦しいため息をついた。

「決まったのは一月《ひとつき》ほど前のことかの。……実はおまえさんがいなくなってから、主上は記憶をなくしてしまわれてな」

「記憶を……なくした⁉」

これは最悪とまでは言わないが、かなりひどい知らせだった。

(櫂、何があった？　大丈夫なのか？)

蓬莱に戻ってきさえすれば、もとどおりの櫂と会えると思っていたのに。

櫂の身が心配で、いてもたってもいられない。

耳の奥で血管がドクドク鳴っているのがわかる。

「なんでですか⁉　頭を打ったとか……？」

「それはわからぬ。おまえさんがくぐった、あの光の扉から弾《はじ》きだされた衝撃のせいかもしれぬし、その後、病とやらで、しばらく寝込まれたせいかもしれぬ。主上にお会いして、事情を聞こうにも香貴妃と烏陵が邪魔をしての……。今は、あの二人を通さずに直接、主上と話をすることはできんのだ」

「それって、怪しいじゃないですか！　主上が操られてるんじゃ……！」

「そうじゃな。その可能性は捨てきれぬ」

司馬の言葉に、苦々しさが混じる。

いくら親友でも、今は烏陵を信じるわけにはいかなかった。

烏陵が何かの目的を持って、この婚礼を推し進めているのは傍《はた》から見てもあきらかだった。

千尋とは別のところで、司馬もまた「どうして、こんなことに……」と考えていた。

烏陵という政治家は、国の未来と龍月季という青年のことを何よりも考えていたはずではなかったのか。

（どう考えても、変だよな。燿が香貴妃と結婚だなんて……。今さら、香貴妃のこと、好きになるはずもねえし……）

千尋は警戒するのも忘れて、司馬に詰め寄った。

「話してください。オレがいなくなってから、いったい何があったんですか？　まず、今はいつなんですか？　オレがいなくなってから、どのくらいたったんですか？」

「落ち着け。落ち着くのじゃ。順番に話そう。まずは、座って茶でも飲め」

司馬は千尋の肩をポンポンと叩き、椅子を起こして座らせた。

秘書令という地位のわりには意外に気さくで、面倒見がいい。

もっとも、その面倒見のよさが発揮されるのは、相手が司馬好みの美青年と美少年の時にかぎられるのだが。

千尋は卓の前に腰を下ろし、波立つ感情を鎮めようとした。

しかし、たった今知った情報は衝撃的すぎた。

（燿……オレのこと、忘れちまってるんだ……）

こんなにも会いたくてたまらないのに、櫂のほうは自分のことを何一つ覚えていない。そう思ったとたん、思いがけず、じわっと涙が滲《にじ》みだしてきた。

しかし、司馬の前で泣くわけにはいかない。

司馬は茶器を持ってきて、慣れた手つきで茶をいれはじめた。

「おまえさんがいなくなったのは、三月《みつき》ほど前じゃ。たった三月じゃが、世の中はすっかり変わってしもうた。この蘭州以外の四つの神獣の祠堂は破壊され、神獣さまの気配も絶えた。巫子たちも行方不明じゃ。今、蓬萊は闇《やみ》に沈もうとしておる」

「そんな……！　だって、誰が祠《ほこら》を壊したりするんですか⁉　櫂が……主上がいれば、そんなこと……」

ありえないと思った。王が祠堂の破壊を許すはずがない。

司馬は、つらそうな目になった。

「記憶をなくされたと言ったろう。ご自分が王だということや、まわりの人間たちの名前は覚えておいでだ。しかし、それ以外のことはお忘れになったか、記憶を塗り替えられてしまっておる」

「でも、祠を壊したら、恐ろしいことになるんですよね？　そんなことまで忘れてしまったんですか？」

「忘れてしまったんじゃよ。どう考えても普通ではないが。だから、わしは香貴妃や烏陵とは一線を引いておる。ここだけの話じゃが、香貴妃は三月前のあの騒ぎの後、どこか黒い神獣を連れてきて、自分と蓬莱を護《まも》ってくれる聖なる獣だと言いはじめたのじゃ」

「黒い神獣……？」

「漆黒の獣じゃ。馬に似ているが、額に黒い角が生えておる。あんな禍々《まがまが》しいものは視《み》たことがない。あれは、間違いなく陰の気に属するものじゃ。蓬莱を護ってなどくれるものか」

寒気がしたように、司馬は身震いし、自分の腕をこすった。

（そんな陰の気の化け物が、まだいたのかよ……）

三ヵ月前、千尋と櫂は鵬雲宮の奥にたつ白瑞殿《はくずいでん》で蘭州の神獣とともに、黒い大鼠《おおねずみ》の姿をした陰の気の化け物——太陰帝《たいいんてい》と戦った。

あの戦いのなかで、消え去っていたはずの荊州の神獣が復活し、五体の神獣がそろって太陰帝を倒した。

蓬莱を喰らい尽くそうとした暗黒の力は消え、世界は救われたかに見えた。

その直後、帰還の扉が開いて千尋と櫂は生きながら引き裂かれたのだが。

「でも、太陰帝は滅ぼしたはずじゃ……。あの……太陰帝って大きな黒鼠の化け物で、香貴妃に憑《つ》いてたんですけど、神獣たちが退治したはずなんです」

「退治しきれていなかったようじゃの。もしかすると、その太陰帝がまだ香貴妃のなかにおるのかもしれぬ。……黒い神獣の陰の気のせいか、烏陵も変わってしもうた。あやつは、あんな毒婦《どくふ》の言葉に耳を貸すような男ではなかったのに」

重苦しいため息をついて、老人はうつむいた。呟くように言葉をつづける。

「神獣さまの祠堂が壊された影響は、もう蓬莱のそこここに出ておる。今年は秋の実りもほとんどなく、各地の穀物倉は盗賊どもに荒らされ、民は飢えておる。里の若い娘の大半が妓楼《ぎろう》に売られた土地もある。棄丈《きじょう》といって、足手まといの老人を山に棄《す》てる風習も復活した。主上の代になって、廃止されたことだったのに」

「………」

「このようなことは言いたくないが、おまえさんがむこうの世界に戻らず、神獣さまと一緒にこの世界にとどまっていてくれれば、こうはならなかったに違いない」

司馬の言葉に、隠しても隠しきれない苦々しさが滲む。

「そんな……」

千尋は、うつむいた。

櫂と一緒に帰ろうとした自分は、たしかに悪い。桃花巫姫のくせに無責任だと言われてしまえば、否定することはできない。

だが、謝ることはできなかった。

帰るために努力したことすべてが間違いで、無駄なことだったと認めるのは、あまりにつらい。

千尋は黙って、白猫を見下ろした。

神獣が普通の猫のようになってしまったのも、自分のせいだろうか。

どっちつかずの気持ちで、櫂を連れ戻すためだけに蓬莱に帰りたいと願った。

それは、やはり許されないことだったのかもしれない。

櫂の身にふりかかったことも、もしかしたら、自分に原因があるのかもしれない。

そう思うと、たまらなくなった。

（櫂……）

たとえ記憶を失っていてもいいから、会いたい。

いくら、司馬の口から聞かされたとしても、実際に会ってたしかめるまでは記憶をなくしていることも、香貴妃との結婚のことも信じたくなかった。

「オレ……鵬雲宮に行っちゃダメですか？　寵童《ちょうどう》として、もう一回……」

ポツリと呟くと、司馬はとんでもないと言いたげな目になった。

「わしの話を聞かなんだのか。主上は記憶を失っておられる。つまり、おまえさんを寵愛していた過去も綺麗さっぱり忘れているということじゃ。主上が他人の顔をしているかぎり、おまえさんの味方になってくれる者は鵬雲宮には誰もおらん。婚礼の邪魔をするために来たと思われてもしかたがないぞ」

あらためて、自分の置かれた立場を思い知らされ、千尋は悲しくなった。

（婚礼の邪魔……か。オレ、邪魔者なんだ……）

「じゃあ、オレ、どうしたらいいんですか？」

「おまえさん一人では無理じゃ。長風旅団の力を借りるがいい」

「え？　そんなこと言って、いいんですか？　長風旅団って、反政府勢力っていうか……地下組織ですよね？」

国の長官である司馬が、反乱をそそのかしているのだろうか。

司馬は、厳しい目をしている。

「かまわん。誰が言いだしたものか、今、香貴妃は『黒い桃花巫姫』と呼ばれておる。そのような禍々《まがまが》しいものが王と婚礼をあげることなど、断じて許されぬ。王と桃花巫姫の婚姻が豊穣《ほうじょう》を司《つかさど》る神獣の巫子姫との契約だとすれば、その太陰帝だか何かに憑かれた黒い桃花巫姫と王の婚姻は、闇との契約にほかならぬ」

「闇との契約……？」

「婚礼をあげさせてはならぬぞ。主上のためにも、この国のためにも」

司馬は千尋の目をじっと見、静かに言った。

以前に会った時は何かとセクハラ発言の多い、ふざけた老人だと思っていたが、意外に骨太な性格らしい。

「わかりました。でも、どこに行けば、長風旅団の人たちと会えるんでしょう」

「それについては、わしに考えがある。李姜尚を知っておるか？」

「知ってますけど……」

「李姜尚はの、今、鵬雲宮の牢《ろう》に囚《とら》われておる」

「捕まってるんですか⁉」

びっくりして、千尋は司馬の顔を見つめた。

姜尚がいなければ、長風旅団を率いて立てる者はいないかもしれない。

（ああ、だから、桃花巫姫の偽者なのか……。トップがいなくなっちまったから、代わりにみんなの気持ちを一つにまとめるものが必要なんだ）

桃花巫姫が先頭に立てば、嘘でも蓬莱の人々の心は一つになるだろう。

けれども、いったい誰が自分の代役をやっているのか。

「うむ。李姜尚は、主上のお命を狙った三月前の騒ぎの首謀者ということにされておってな。むろん、でっちあげじゃ。じゃが、何事にも犯人というのは必要でな」

「そんな……！　姜尚さんは何もしてねえのに！」

「わかっておる。しかし、このままでは反逆者として処刑されてしまう可能性が大じゃ。おまえさんは李姜尚を助けだし、長風旅団と合流するがよい。牢までは、わしも手引きしよう。時間はないが、李姜尚とともになんとか主上の婚礼を阻止してくれ。そして、烏陵を……頼む。あの男も正気ではないのだ。わしに免じて、どうか許し、助けてやってほしい」

司馬は千尋を見、深々と頭を下げた。

「……約束はできません。オレは桃花巫姫だけど、人を救えるわけじゃないし……。もし、烏陵さんが陰の気に憑かれてるなら、なんとかしますけど」

「それでもかまわん」

祈るような瞳が、じっと千尋を見つめている。

＊　＊

千尋が蓬萊に戻ってきたのと同じ日の夜、鵬雲宮の奥にある紫天宮《してんきゅう》で、二つの影がむきあっていた。

「婚礼まで、あと三日ですな」

よく響く声で言ったのは、影の一方——長身の老人だ。雪のような髪と漆黒の瞳、高い鷲鼻《わしばな》。品のいい顔だちだが、今は疲れたような表情を浮かべている。瘦せ気味の身体にまとうのは紫の朝服と金玉《きんぎょく》の帯。腰には、紫の佩玉《はいぎょく》を帯びている。

この老人が崔烏陵。

目下、病気療養中の王に代わって、政務をとりしきっている蓬萊随一の実力者である。

「ええ、準備は順調に進んでおります」

しとやかに微笑《ほほえ》んでみせたもう一つの影は、黒髪の小柄な美女である。

薔薇色の襦裙《ころも》の腹部が少し膨らんでいる以外は、腕も首もほっそりしていて、強く抱けば壊れてしまいそうだ。

その華奢《きゃしゃ》な身体のまわりには、禍々《まがまが》しい暗い影がまとわりついている。何かがこの女に憑《つ》いているのだ。

この美女が香玉蘭《ぎょくらん》。貴妃の位を持つ王の寵妃だ。

もとは柏州の娼妓《しょうぎ》で、妓楼の稼ぎ頭であったらしい。

生まれは梧州。

国を揺るがした十年前の梧州端城の乱に巻きこまれ、両親を失い、妓楼に売られた。

そして、わずか十五で妓楼の花となり、客として訪れたさる郡王の目にとまり、体重と同じだけの金を積んで身請けされ、蓬萊王の即位祝いの献上品として後宮におさめられたのだ。

後宮に入ってから、香貴妃は王の寵愛を受け、美しく賢い貴族の姫たちを次々に蹴落《けお》とし、後宮の権力の頂点に上りつめた。

しかし、王の正妻——后妃《こうひ》となるには娼妓であった過去が邪魔をする。

本来ならば、香貴妃は数ある寵妃たちの一人として、消えていく運命にあった。もしも、香貴妃の腹に王の子が宿らなければ、王の后妃として婚礼をあげることなど、夢のまた夢にすぎなかった。

この状況で、王の子を懐妊したというのは奇跡というほかない。

「それにしても、驚きましたわ。まさか、烏陵さまが妾《わらわ》の計画に賛同してくださるとは。あの三月前の大混乱の最中、とっさに長風旅団に罪をなすりつけ、主上を幽閉し、新体制を作りあげたお手並み、お見事でしたわ」

「勘違いなさいますな、香貴妃殿。私は主上のために、よかれと思ってやったまでです。あの混乱を鎮《しず》めるには、他に方法はありませんでした」

憮然《ぶぜん》とした表情で、烏陵が答える。

「わかっておりますわ。忠義の一念からなさったこと。妾も主上とこの国を思う気持ちに変わりはございません」

「国のためとおっしゃるなら、よい子を産んでくださらなくては。ややの具合はいかがですかな？」

烏陵の視線が、貴妃の腹部にむけられる。香貴妃はそっと自分の腹に手をそえた。

「元気に育っておりますわ」

「男か女か、おわかりになりますか？」

「さあ……。そればかりは、妾にもわかりません。でも、どちらでも無事に生まれるのが一番です。……ねえ、主上」

香貴妃が振り返った視線の先には、房《へや》の暗がりにひっそりとたたずむ美貌《びぼう》の青年の姿がある。青紫の袍に包まれた肩に、艶のある漆黒の髪がかかっている。切れ長の目は闇の色。肌は雪のように白かった。

龍月季。この蓬萊の王である。

もう一つの名を尾崎櫂という。

千尋の幼なじみであり、恋人でもあるが、当人にはその記憶はない。

かつては強い意思の力を宿していた瞳には、今はどこかぼんやりした光が浮かんでいる。

「そうだな。玉蘭のよいように」

月季は感情のこもらない声で言い、布張りの椅子に腰を下ろした。

香貴妃はそんな月季を見、かすかに微笑んだ。

「まだ具合がよろしくありませんのね、主上は。ご安心くださりませ。妾が后妃《きさき》として立后すれば、何もかもよくなりましょう。主上と妾の目指す新たな国は、もう間もなくやってまいります。大陰の闇のむこうから」

「玉蘭のよいように」

月季は、ぼんやりとうなずいた。

そんな王を見、烏陵もまた微笑んだ。

「いずれ、主上も貴妃さまや私の真意をわかってくださいましょう。これもみな、蓬萊のためでございます」

月季は、硝子玉《ガラスだま》のような目を丞相にむけた。

「蓬萊のため」

「はい。主上は何も心配なさらなくてもよろしゅうございます。政務は、すべて、この烏陵におまかせくだされ。何事もとどこおりなく進んでおります。……ああ、一つだけ」

何かを思い出したように、烏陵は王に歩みより、その耳もとに唇をよせた。

「主上、玉爾《ぎょくじ》をどこに隠されました？　あれがございませんと、王命が発令できませぬ。玉爾を待つ重要な書類が山積みになっておりますぞ」

王はようやく、烏陵が目の前にいることに気づいたようだった。

「玉爾？　知らぬ」

「主上が保管しておいでだったのですよ」

いとけない子供に言うように、烏陵が優しい口調で言う。

「政務はそなたたちにまかせたはずだ。余は病で国政には耐えられぬと申したのは、そなたと玉蘭であったと思うが」

無感動な声で言い、月季は丞相から視線をそらした。

烏陵はため息をつき、香貴妃のほうを見た。

香貴妃も、苦笑混じりに黒い神獣の首を撫でた。

「無駄ですわ、烏陵殿。玉爾をどこへ隠したのか、主上は絶対に話してくださいませんの」

「そなたの怪しげな術だか薬だか知らぬが、主上に使うのが早すぎたのではないのか」

烏陵は眉根をよせ、冷ややかに呟いた。

「正気に戻られれば、あなたさまのお命も妾の命もございませんよ」

「主上はわかってくださる。そういうかただ」

「だとよろしいのですけれど。……それより、李姜尚はまだ従うと申しませんの?」

香貴妃は、やんわりと話題を変えた。

丞相と貴妃――蓬萊の国政をほしいままにするこの二人が今、一番、頭を悩ませているのが長風旅団の桃花巫姫の存在だ。

二人は、桃花巫姫がおそらく偽者であることを知っていた。

けれども、偽者であろうとなかろうと、桃花巫姫の名のもとに集う民は無視できないほどの数に膨れあがっていた。

亮天の城壁の外にも、冬だというのに流民《るみん》たちの小さな里《むら》ができている。

里門《りもん》もなく、襲ってくる外敵から身を護る術《すべ》もないが、流民たちは寒さに凍えながらも長風旅団を象徴する青旗を掲げ、その場所から立ち去ろうとしない。

亮天のなかにも流民に同情する空気があり、城門を護る門士《もんばん》たちも有志が流民に届ける食料を積んだ荷車を見て見ぬふりしているらしい。

丞相は二度、三度と捕吏《ほり》に命じ、流民たちの小屋や天幕を壊し、城壁の側から追い払わせているが、婚礼の前とあって血は流せない。

何か一つ、きっかけがあれば、流民たちは暴徒化するだろう。

今は息を潜めてはいるが、亮天のなかから呼応する者も出るに違いない。

姜尚の弟で長風旅団の頭目代行の李睡江《すいこう》と参謀役の楊叔蘭は、桃花巫姫とともにすでに亮天のどこかに潜伏していると言われている。

彼らが立ち上がれば、国を揺るがした梧州端城の乱の再来となる。

あの時は先王が倒れ、国と龍王家は救われた。

しかし、今度は王家はもたない。

そのため、烏陵は姜尚に対し、「あの桃花巫姫は偽者だ」と宣言し、長風旅団を解散させ、王のもとに下るように説得をつづけていた。

今の烏陵たちにとって、桃花巫姫を偽者だと大々的に発表し、民の希望を打ち砕く以外、龍王家に対する反感を抑える術はないのだと思われた。

「しぶとい男ですな。昨夜も王に帰順する気はないと、はっきり言いました。そろそろ、潮時かもしれません」

「殺しますの？」

烏陵は白髪交じりの眉の下から、じっと貴妃を見た。

「あまりにも役に立たぬようならば、やむをえませんな。幸いにも冬の最中ですから、牢のなかで倒れ、看病の甲斐《かい》なく息をひきとったとしても不思議ではありません。……とはいえ、婚礼前に民を刺激することは避けねばなりませぬ」

老人の言葉に、香貴妃は優雅に笑って言った。

「妾も説得にまいりましょうか」

「それはよいお考えです。この説得は、やがて后妃になられる香玉蘭さまが主上に命乞《いのちご》いして、李姜尚のために作ってくださった最後の機会。それを蹴るならば、李姜尚は信念に殉じた愚か者ということになりましょうな」

「妾は、最後まで李姜尚の助命に尽力したと噂を流してくださいませね」

「そういたしましょう」

丞相と貴妃は顔を見合わせ、満足げにうなずきあった。

月季は椅子に座ったまま、無言で、そんな二人のやりとりを聞いている。

そんな月季の後ろから、白黒の小さな生き物が顔をだした。

香貴妃が飼っている大熊猫《おおくまねこ》の鈴鈴《りんりん》である。

鈴鈴は、怯《おび》えたような目で香貴妃の様子をうかがっている。

強い力を持つ妖獣《ようじゅう》である鈴鈴には、香貴妃に憑《つ》いた暗い影がはっきり視えているのだろう。

しかし、主《あるじ》である香貴妃への愛情からか、それとも恐怖からか、鈴鈴はこの場から逃げることができずにいるようだった。

＊　　＊

同じ頃、亮天の下町に建つ屋敷のなかでは、栗色の髪の美少女が笹《ささ》の枝を手にして、物思うような表情で窓の外をながめていた。

はしばみ色の瞳には憂いの色がある。身につけているのは、白と青の袍だ。その顔は、千尋と瓜二つだった。これが、長風旅団とともに行動している「桃花巫姫」である。

少女の背後で、扉の開く音がした。

「まだ起きていたのですか」

優しい声がして、銀髪の巫子が近づいてくる。

千尋そっくりの少女は、叔蘭に潤《うる》んだ瞳をむけた。

まー。

胸が痛くなるような鳴き声をたてて、少女は床にころんと転がった。

叔蘭はその傍らに膝をつき、なだめるように少女の髪を撫でてやった。

「大丈夫ですよ、芳芳《ほうほう》。姜尚さまは、きっと助けだしますから」

まー。

少女はプルプルと震えはじめた。その身体の輪郭が膨らみだし、頭の上に丸くて黒い耳が二つ生えてきて、手足が太くなる。

白黒の毛に覆われた身体は、いつの間にか大熊猫に戻っていた。

大熊猫の姿の芳芳を撫でながら、叔蘭は悲しげに微笑んだ。

「無理をさせて、すみません。でも、この姿を他の仲間たちに見られてはいけませんよ。今や、桃花巫姫は人々の希望なのですから」

巫子の言葉に、芳芳はよたよたと立ちあがり、ブルブルっと背中を震わせた。

その身体が再び、千尋の姿に戻っていく。

「あとで、笹団子を運ばせましょう」

もう一度、芳芳の頭を撫でてやり、叔蘭は微笑んだ。

長風旅団の桃花巫姫は消え去った神獣たちの復活を祈るため、笹の葉の団子という、とても普通の人間の口にはあわない粗食に耐え、無言の行を行っているのだ——ということになっている。

芳芳は芳芳なりに、自分ががんばらなければ、姜尚を取り戻すことはできないとわかっているようだった。

「大丈夫ですよ、芳芳。きっと、姜尚さまは取り戻します」

叔蘭の励ましの言葉に、芳芳はこっくりと小さくうなずいた。

それは、大熊猫に格別な想いを持たない巫子の目から見てさえ、いじらしく健気《けなげ》な仕草だった。

＊　＊

ひとしきり、芳芳を撫でてやった後、叔蘭は桃花巫姫の房を出た。

さすがに疲れた。少し休んだほうがいいのかもしれない。

昼間、桃花巫姫に化けた芳芳を一人にはできない。常に側にいて、「桃花巫姫の意思」を自分が代弁してやらなければならないのだ。

長風旅団の参謀役として、亮天の有力者たちとの会合に顔をだす必要もある。

(明日は午前中に会合が一つ。午後は東麗門のほうの流民たちを見舞って、その後、大景《たいけい》の祠堂の見回り。夜に幹部を集めて報告会……正直、きついですね)

だが、巫子としての修行中のことを思えば、まだ楽なはずだった。あの頃は冬でも裸足《はだし》で、横になることも許されず、三日三晩、起立したまま瞑想《めいそう》させられた。

（牢のなかの姜尚さまは、もっときついはず……。これしきのことで、音《ね》をあげてはいられません）

そう自分に言い聞かせ、叔蘭は背筋をのばした。

いかなる時でも、疲れた顔や不安な顔を見せてはいけない。頭目がいないのだから、補佐役の自分がしっかりしなければいけない。

姜尚がいなくなってから、叔蘭はいっそう厳しく自分にそう言い聞かせていた。

その時、廊下の壁にもたれていた青年が顔をあげ、こちらに近づいてきた。

「叔蘭、お疲れ」

癖のある華やかな金髪を髷《まげ》にまとめ、緑の地に紫や青で刺繍《ししゅう》の入った袍を着ている。瞳の色は綺麗な翡翠色《ひすいいろ》だ。

これが姜尚の弟の李睡江。現在のところは、長風旅団の頭目代行である。

「睡江さまこそ、お疲れさまです。まだお休みにならないんですか？」

「うん。うちの旅団の自慢の美人巫子が、目の下を真っ黒にしてるから気になってさ。少し休めって言うつもりできたんだ」

ニコッと笑って、睡江が叔蘭の前で足を止める。

「ご心配ありがとうございます。私は大丈夫ですから」

叔蘭は、穏やかに微笑をかえした。いつものことなので、「美人」は聞かなかったことにする。

「それより、『千尋さま』のところに寄ってさしあげてください。だいぶ姜尚さまを恋しがっておいでですから」

桃花巫姫が大熊猫なのは、睡江も知っている。

「弟じゃ代わりにならないと思うけどね。ぼくにできるのは添い寝くらいだな。あ、『千尋さま』に添い寝はまずいか。無垢《むく》で清らかな乙女のはずだもんね。男と添い寝はないよねえ」

「口にお気をつけください、睡江さま。どこに耳があるかわかりませんよ？」

やんわりと釘《くぎ》を刺し、叔蘭は手をのばし、睡江の袍の衿《えり》もとを直してやった。

睡江はくすぐったげな表情で、叔蘭の銀髪の頭を見下ろしている。

「美人巫子に添い寝でもいいけどな」

「あいにく、間に合ってます。それに、私は男ですから『美人』は不適切ですよ」

ポンポンと睡江の衿もとを叩き、叔蘭はふっと笑った。

見ているのが睡江だけなのがもったいないほど、綺麗な笑顔だった。

「やっぱり、兄さんの代わりにはなれない？」

耳もとでささやく青年のおでこを指先でピンと弾き、美貌の巫子は踵《きびす》をかえして歩きだした。

「あのかたの代わりが、この世にいるわけがないじゃないですか。バカですね」

背後で、「いててっ」と派手に騒ぐ声がしたが、振り向かない。

姜尚の弟は、兄譲りの明るさで人の上に立つのにはむいている。見た目は軟弱そうだが、意外に実戦では頼れる指揮官である。

しかし、人々に希望をあたえ、ぐいぐいと引っ張っていく能力という点ではとうてい姜尚にはかなわない。

夢を見て、他人にそれを信じさせる力は天性のものだ。真似しようとしても、真似できるものではない。

今後、蓬萊全土から流れこんでくる流民たちを率《ひき》いて、この弟がどこまで戦えるか。

叔蘭は、楽観はしていなかった。

それでも、笑顔は忘れない。

──つらい時ほど笑え。

幾度も姜尚が言ってきた言葉が、今、神獣を二度も失った巫子をささえている。

同じ夜だった。

地下にある石の牢には、むっとするような空気が籠《こ》もっていた。

だが、凍《い》てつくような寒気はここまでは入りこまない。

この時季、地下牢は吹きさらしの高楼のなかにある牢よりは過ごしやすい場所となる。

それでも、固い石の床は冷たく、巻きつけられた鉄の鎖は容赦なく罪人たちの身体から体温を奪っていく。寝床が石の床ではなく木の台なのが、唯一の救いだった。

＊

＊

陰惨な地下牢の奥に、一人の囚人が囚われていた。

長身の身体に肩のあたりまでのびた褐色《かっしょく》の髪、顔一面を覆う髭《ひげ》。ざんばらの髪のあいだからのぞく瞳だけが、強い意思の光を宿して蒼《あお》い。身につけているのは、粗末な麻の貫頭衣《かんとうい》。傷だらけの足は裸足で、足首には鉄の鎖が巻きつけられている。

牢の壁には、男が獄吏《ごくり》に見えないようにこっそり刻んだ線が数十本入っている。

囚われてからの日数だ。

そろそろ、三月《みつき》がたったのはわかっていた。

（せっかく、ここまできたのに呂《りょ》家の再興もならず、このまま朽ち果てるか……。それも

つまらん話だ)

男――李姜尚は、天井を睨《にら》んで考えこんだ。

生来の明るい気性で、絶望とは縁遠い人生を送ってきた。しかし、この状況はいくら前向きな姜尚でも最悪に近いというのを認めざるをえなかった。

(こういう時は、ジタバタしねえで状況の変化を待ったほうがいいんだが……ジタバタしねえと殺されるだろうな)

援護にまわってくれそうな大貴族の心当たりがなくもなかったが、この状況ではむこうも動けないだろう。さすがの姜尚も進退窮《しんたいきわ》まっていた。

その時、太い木の格子のむこうから足音が聞こえてきた。廊下を数人の兵たちがやってくる。鎧《よろい》と佩剣《つるぎ》のこすれる音がする。

姜尚は、たちどころに警戒態勢に入った。この時間、兵たちがやってくるのは異例のことだ。

誰かを連れにきたのか。連れていく先は処刑場か。

(いよいよか……)

「李姜尚、出ろ」

五人の兵たちを従えて、獄吏が格子のむこうに姿を現した。赤銅色の髪と水色の瞳。屈強な美丈夫である。名は趙 朱善《ちょうしゅぜん》という。

つい三ヵ月ほど前までは王に仕える禁軍の武官であったが、王の寵童、小松千尋を護りきれず、行方を見失うという大失態を演じたため、本来なら首が飛ぶところを助命され、獄吏に降格されたのである。

朱善もここにいる李姜尚が王の寵童をさらい、千尋に化けた大熊猫の芳芳を身代わりに仕立てあげた張本人だということは知っている。

だが、根が猪《いのしし》武者《むしゃ》なので陰湿な嫌がらせなどはできない。

そして、見張っているはずの姜尚に同情され、長風旅団に勧誘されるという屈辱を味わわされている。

冷静な表情を装って、姜尚は尋ねた。

「いよいよ処刑か?」

「さてな。貴様の態度次第では、そうなるかもしれんぞ」

朱善は、憮然とした口調で答えた。

第二章　再会

牢《ろう》から出された姜尚《きょうしょう》は、鵬雲宮《ほううんきゅう》の一室に連れていかれた。

風呂《ふろ》に入れられ、粗末な貫頭衣《かんとうい》は脱がされ、紺の袍《ほう》に着替えさせられている。刃物を奪って暴れることを警戒しているらしく、髭《ひげ》を剃《そ》るのは許されなかった。

（……なんだよ、こいつは。いつもと様子が違うじゃねえか）

目の前には、気品を感じさせる長身の老人――崔《さい》烏《う》陵《りょう》が立っている。

ここ数週間の説得で、すっかりお馴染《なじ》みになった顔だ。

「李《り》姜尚、控えよ。間もなく、主上と香貴妃《こうきひ》さまがお出ましになる」

烏陵が姜尚を見据え、冷ややかに命じる。

（王と香貴妃だと？）

姜尚の左右にいた衛士《えじ》が強引に肩や頭を押し、床に押さえつけようとする。

ぐいぐいと押してくる衛士たちが、鬱陶《うっとう》しい。

「放せ。暴れねえよ」

言ったとたん、衛士たちが「口をきくな」「黙れ」と命じ、乱暴に姜尚の首を押そうとする。

「首はやめろ。へし折る気か？」

「そやつを黙らせろ」

冷ややかな声で、烏陵が命じる。

その時、左手の奥のほうから妖艶《ようえん》な女の声がした。

「それが李姜尚ですの？　主上に背く反乱軍の首魁《しゅかい》」

（香貴妃か……！）

姜尚はハッとして、跪《ひざまず》かされた姿勢のまま、目だけ動かして声のほうを見る。

そこには、薔薇《ばら》色《いろ》の襦裙《ころも》をまとった美女がいた。

通常、後宮の外に姿を現すことはない女。

三ヵ月前に帰還の扉の前で見た顔だった。

あの時は、夢かと思った。

顔だちには面影は残っていたものの、刹鬼《せっき》のような様子で、とても自分の捜している女と同一人物とは思えなかったのだ。

それでも、あらためて、こうして見ると化粧をし、歩き方も表情も変わってしまっているが、目の色だけは変わらない。

面変わりしてしまった顔をまじまじと見ていると、その下から少女時代の素顔が浮かびあがってくるようだ。

（間違いない）

「紅蘭姫《こうらんひめ》……！」

ずっと捜しつづけてきた。

姜尚にとって、紅蘭姫——呂《りょ》紅蘭は滅びた主家の姫である。

紅蘭姫を捜しだし、故郷の梧州《ごしゅう》に戻って呂家を再興することが姜尚の長年の夢だった。

長風旅団《ちょうふうりょだん》を立ちあげたのも、一つにはその夢があったからだ。

けれども、紅蘭姫と呼ばれた香貴妃は無表情に姜尚を見下ろした。

「人違いでありましょう。妾《わらわ》は紅蘭などという名ではありませぬ」

「紅蘭だ。幼なじみの俺が見間違えるはずがない。俺の家は代々、呂家に仕えてきたのだぞ」

「存じませぬ」

「おまえは、梧州の生まれのはずだ。なぜ、知らないなどと言う⁉」

姜尚と香貴妃の会話を、烏陵が「ほう」と言いたげな顔で聞いている。

香貴妃はキリリと眉《まゆ》を吊《つ》り上げ、姜尚をねめつけた。

「下郎が。妾が来たのは、そなたに最後の機会をあたえるためです。つまらぬ話で、時間を無駄にすることは許しませぬぞ」

「最後の機会？　いよいよ、俺を殺す気になったか？」

姜尚は、烏陵に嫌みっぽい流し目をくれた。

老人は無表情に姜尚を見返す。

「貴妃さまのお話を聞くがよい」

「貴妃さま……ね」

姜尚は、微妙な表情になって香貴妃を見つめた。

「妾は民のため、主上にそなたの命乞《いのちご》いをいたしました。これが主上から賜《たまわ》った最後の機会です。さあ、今、長風旅団にいる桃花巫姫《とうかふき》は偽者だとおっしゃい」

「そんなことを言われてもな。俺も知らないんだ」

姜尚が囚《とら》われたのは、三カ月前の騒ぎの時だ。

異世界に通じる光の扉に千尋《ちひろ》と白猫が消え、王と香貴妃が扉から弾《はじ》きだされてきた。

いちはやく、正気に戻った烏陵が衛士を呼び、その場にいた姜尚と叔蘭《しゅくらん》、それに大熊《おおくま》猫《ねこ》の芳芳《ほうほう》を捕らえさせようとした。

――逃げろ、叔蘭！　芳芳、そいつを連れていけ！　早く！

姜尚の命令に従って、芳芳は叔蘭をくわえ、背中に乗せて逃げ去った。

残った姜尚は衛士に捕らえられた。

それから、ずっと牢に入れられている。

その間、外の情報など、知りようがなかった。

（まあ、偽者を作るとしたら、あいつしかいねえと思うがな）

姜尚にも、叔蘭のやりそうなことは見当がついていた。

しかし、それを丞相たちに教えてやるほど、親切ではない。

（あいつらががんばってんのに、俺がバラすわけにはいかねぇだろうが）

「そなたが知らないのならば、偽者に間違いはありません。神獣をも怖《おそ》れぬ大嘘《おおうそ》で民を偽る長風旅団など見捨てて、主上のもとで蓬莱のために尽くしませぬか?」

「本当に、俺のことは覚えてねえのか？　知らないふりをしてるんじゃないのか、紅蘭?」

姜尚は、真剣な表情で尋ねかける。

説得を無視された香貴妃は、苛立《いらだ》ったような顔になった。

「そなたなど知らぬと申したでしょう。……命がかかっているというのに、そのおちゃらけた態度。主上の御前でも、同じことが言えるかどうかためしてみましょう」

香貴妃の言葉が聞こえたように、奥のほうから青紫の袍の青年が現れた。

だが、青年は姜尚の覚えている尾崎《おざきかい》櫂——龍月季《りゅうげっき》とは、あまりにも様子が違った。

良くも悪くも覇気にあふれ、傲慢《ごうまん》で力に満ちていた青年王が今は魂のぬけた人のようにぼんやりと立っている。

こんな硝子玉《ガラスだま》のような目をした若者ではなかったはずだ。

(まさか、千尋がいなくなったからか?)

だが、恋人を異世界に帰してしまっただけで、ここまで覇気を失ってしまうものだろうか。

姜尚の目がすっと細められた。

どう考えても、丞相は臭い。考えたくはないが、香貴妃と呼ばれる女も臭い。

(なぜだ、紅蘭姫?)

「そなたを許して、臣下に加えろと玉蘭《ぎょくらん》が申した」

感情のこもらない声で、王が話しかけてくる。

(反応が妙だな。俺の顔を忘れたか……。まさかと思うが、薬でも嗅《か》がされているのか?)

そう思ったとたん、姜尚の背筋が冷たくなった。

王が何者かに操られているというのだろうか。

あの尾崎耀が。

普通ならば、ありえない。

尾崎櫂は、自分を操ろうとする者を許すような男ではないのだ。

王のこの状況を見れば、禁裏の奥で何かとんでもない事態が進行しているのはあきらかだった。

（これは……まずいだろう。どうする……）

「聞けば、そなたは柏州《はくしゅう》大学で科挙《かきょ》を目指していたという。そこで、余の婚礼にあたって、そなたの罪を免じ、中大夫《ちゅうたいふ》の官位をあたえよう。鵬雲宮で、余に仕えてはくれぬか」

相変わらず、心ここにあらずといった表情で月季が言う。

姜尚を見て、それとわかった様子もない。

（叔蘭なら、ここで受けるふりをして時間を稼げと言うんだろうな。それはわかるんだが、俺はどうもそういうのが苦手で……しょうがねえだろ、叔蘭）

心のなかで苦笑して、姜尚は答えた。

「ありがたいお申し出です、主上。しかし、お受けするわけにはまいりません。私は、長風旅団の仲間たちを裏切るわけにはいかないのです」

「そうか」

それだけ言って、月季は姜尚に背をむけた。

申し出を断られて、腹を立てた様子もないし、残念だと思っている様子もない。

これが茶番でしかないことは、この場の誰もがわかっていた。

香貴妃もそれ以上、説得をつづけるつもりはないようだった。

「主上と貴妃さまのご用は終わった。罪人を牢に戻せ」

冷ややかな声で、丞相が衛士たちに命じる。

衛士たちにひったてられていきながら、姜尚は香貴妃を振り返った。

炎のような視線に、一瞬、姜尚は息を呑《の》んだ。

まるで、自分に敵意を抱いているような眼差《まなざ》しだ。

(俺を忘れたのか、紅蘭？　どうして、そんな目をする……!?)

今となってはもうどうでもいいことかもしれないが、遠い昔、呂紅蘭は自分の許嫁《いいなずけ》と決められた。

何事もなく時が過ぎていたら、二人は幸せな家庭を築いていたかもしれない。

そんな遠い昔の約束を、今さら持ち出すつもりはなかったが。

せめて、捜しに捜し、ようやくめぐりあえた自分に対して、懐かしげな言葉の一つもかけてほしかった。

王と烏陵の前では、呂紅蘭に戻ることはできないのか。

それとも、ほかに何か理由があるのか。

姜尚にはわからなかった。

十三で妓楼《ぎろう》に売られた貴族の姫が、かつての許婚《いいなずけ》を前にして、どんな気持ちになるか。

姜尚は知りようがなかったし、理解できないことは姜尚の罪ではなかったのだけれど。

「紅蘭姫！」

その声は、虚《むな》しく鵬雲宮の廊下に響きわたった。

香貴妃は無言で姜尚から視線をそらし、硬い表情で石の壁を見つめつづけた。

＊　　＊

「命があったようだな」

朱善《しゅぜん》は牢に連れ戻された姜尚を見、冷ややかに言った。

衛士たちはすでに去っている。

姜尚は寝台に座りこみ、衛士たちに殴られて痛む頰《ほお》を押さえた。すっかり、腫《は》れあがっている。足首の鎖は外されていた。

「最後の説得だったそうだから、次は殺される。まあ、婚礼までは生かしておくだろうがな」

苦笑して答えると、朱善がため息をついたようだった。

「反逆者にはふさわしい末路だ」

立ち去ろうとする背中にむかって、姜尚はボソボソと尋ねた。

「おまえ……戻ってきてから、王に会ったか？」

朱善の足が止まる。

「主上にお会いしたかと？　むろんだ」

「だったら、知っているだろう。王は正気じゃねえぞ」

挑むように、姜尚は朱善を見る。

赤毛の獄吏《ごくり》は、目を伏せた。

「それでも、あのかたが王だ」

「正気に戻すのが、臣下の役目だと思わねえか？」

そう言ったとたん、水色の瞳が冷ややかに姜尚をねめつけた。

「反乱軍の首魁のくせに、この俺に臣下の道を説くか。主上が獄吏として仕えよとおおせなのだ。ならば、ここで貴様を見張るのが俺の務めだろう」

「ほかにもっとマシな生きかたもあるんじゃねえのか、趙《ちょう》朱善」

「黙れ」

怒気を孕《はら》んだ声に、姜尚は口をつぐんだ。

（この石頭め。……ったく、なんて状況だ。せめて、ここにあいつがいてくれりゃあ）

尾崎櫂を正気に戻すことができるのは、きっとあの少年だけだろう。

誰もが怖れ、憎む蓬莱王を優しい幼なじみに引き戻した少年。

蓬莱のすべての希望とともに、異世界に帰ってしまった彼——小松《こまつ》千尋。

だが、千尋は蓬莱にはいない。

＊　　　＊

鉛色《なまりいろ》の空から、粉雪が鵬雲宮に舞い落ちてくる。

王の婚礼の朝だった。

上空には、陰の気が渦を巻いていた。めでたい日とはとても思えない禍々《まがまが》しさである。

「こちらです、千尋さま」

金髪の青年が先に立って、物陰から物陰へと千尋を案内していく。

青年は司馬の細作《さいさく》の一人である。

司馬は婚礼に出席するため、すでに儀式が行われる鵬雲宮の華蓉殿《かようでん》に入っている。

「間もなく、獄吏が交代します。その隙《すき》に、李姜尚を救出なさってください。衛士《えじ》は私が始末いたします。牢の合《あ》い鍵《かぎ》はお持ちですね？」

「大丈夫だ。持ってる」

首にかかった二本の革紐《かわひも》を確認し、千尋は細作の後ろから走りつづけた。革紐の一方には王から賜《たまわ》った銀の五爪 龍《ごそうりゅう》の指輪、もう一方には牢の合い鍵がぶらさがっている。

身につけているのは、地味な煉瓦色《れんがいろ》の袍だ。武器は棍《こん》と呼ばれる木の棒である。棍の使いかたはよくわからないが、佩剣《つるぎ》は貸してもらえなかったのでしかたがない。

鵬雲宮に潜りこむことはできたが、櫂のいる華蓉殿はここから、あまりにも遠い。

司馬からは、どうしても無理ならば、婚礼の邪魔はせず、姜尚の救出を優先するように言われていた。

いくら千尋が桃花巫姫でも、この状況で華蓉殿に飛びこんでいっても、できることはたかが知れている。

(でも……櫂に会いたい)

できるものなら、飛んでいきたい。

姜尚の救出作戦を決行すれば、騒ぎが起きる。騒ぎが起これば、もう櫂に会うことはできなくなる。

今、櫂は何をしているのだろう。走っていけば、三十分ほどで華蓉殿につくはずだ。

(ダメだ。今は姜尚さんを助けることを考えねえと)

そう自分に言い聞かせ、千尋は華蓉殿にむかいたいという誘惑を抑えこもうとした。

細作がチラリと振り返り、千尋がついてきているかどうかたしかめる。

やがて、行く手に地下につづく牢の扉が見えてきた。

牢の側《そば》には詰め所のような一階建ての建物があり、まわりに鎧《よろい》を着た兵が数人いる。

「では、私が注意を引きつけますので。後をよろしくお願いいたします」

細作が低くささやき、千尋から離れていった。

＊　＊

一人になった千尋は、牢のなかを走っていた。

角灯の明かりだけが、薄暗い石の床と天井を照らしだしている。

石の廊下の左側に並ぶ牢は、ほとんどが空になっている。先代の幽王《ゆうおう》の時代、そこはすし詰め状態だったという。

細作は千尋に潜入の隙をあたえるため、牢の近くで騒ぎを起こし、駆けつけた衛士を次々に始末していった。

新手《あらて》がくるまでに残された時間は少ない。

(急がなきゃ)

だが、意外に牢は広く、姜尚がどこにいるのかわからない。

焦りで、しだいに心理的に追いつめられていく。

（ダメだ。落ち着け。……そうだ。こんなことしてねえで、姜尚さんの霊気を探せばいいんじゃねえのか?）

桃花巫姫なら、できるはずだ。

千尋は二、三度、深呼吸し、目を閉じた。牢のなかに意識の指をのばし、どこかに人の気配がないか探りはじめる。

走ってきた廊下の後ろのほうに、ぼんやりした人の気配がある。獄吏のものだろうか。気配はどんどん外にむかっていく。

（これじゃねえ……）

左右に意識をむけると、左の奥のほうに暗く、かすかな気配を感じた。これも違う。もっと奥に進んでみると、ひときわ明るく、強い霊気があるのに気づく。

（これだ）

角灯の明かりのなか、千尋は足音を忍ばせて、姜尚のいる牢にむかって移動しはじめた。

階段を下り、廊下の曲がり角を三つ曲がったところで、行く手に目指す霊気の固まりが視《み》えた。

千尋は足を速めた。

その時、気配に気づいたのか、牢のむこうで大柄な人影が飛び起きるのがわかった。

髭もじゃの男が木の格子をつかみ、こちらを凝視する。

「おい……！」

呼びかけられ、千尋はギクリとして足を止めた。

（誰？）

こんな髭もじゃの男は知らない。

顔を覆う髭のせいで、歳《とし》も表情もはっきりしない。

姜尚だと思ったのに、どうして、こんな男が牢にいるのだろう。

（おかしいな。姜尚さんの気配がしたのに）

「千尋……！　おい……！　戻ってきたのか⁉」

懐《なつ》かしい声に、千尋はまじまじとむさ苦しい男を見た。

よくよく見ると、蒼《あお》い瞳に見覚えがあった。

「姜尚さん⁉」

「おう、俺だ。……そうか。この髭じゃ、わかんなかったか。それより、おまえ、なんで戻ってきた？」

「姜尚さんを助けにきたんだ」

「異世界からかよ。……そうだ、神獣さまは？　蘭州侯《らんしゅうこう》はどうした？」

せっぱ詰まった口調で尋ねられ、千尋は小首をかしげた。

「連れて戻ったけど」

姜尚の瞳が明るくなる。

「そうか……！　よくやった！」

「あの……話の途中だけど、これ……」

牢に近づき、合い鍵を渡そうとした時だった。

姜尚がハッとしたように千尋の背後を見、「逃げろ」とささやく。

（え……？）

振り返ると、革鎧《よろい》に身を包んだ赤毛の屈強な男が立っていた。

獄吏だろうか。こんな後ろに立たれるまで、気配もしなかった。

（やべ……！　見つかった……！）

とっさに、千尋は棍を握りしめた。

だが、何か妙な気がして、もう一度見ると、相手もまた千尋が誰かわかったようだった。千尋を見下ろす水色の瞳に驚きの色が浮かんでいる。

これは、知らない顔ではない。

「朱善さん……!?」

「やはり、千尋さまでしたか」

朱善はなんとも言えない表情になって、千尋を見つめた。

この状況を見ただけで、千尋が姜尚を助けにきたことを察したのだろう。

「そいつは、おまえを逃がしたから獄吏に降格されたんだ」

ボソッと姜尚が言う。

（オレのせいで……？）

金門山《きんもんざん》で自分が朱善から逃げたせいで、結果的につらい目にあわせてしまった。

それをなんと言って、わびればいいのだろう。

千尋には千尋なりの事情があったのだけれど。

朱善は「よけいなことを」と言いたげな顔で姜尚を一瞥《いちべつ》し、千尋の棍に視線を落とした。

それから、すっと千尋の前に膝をつき、頭をたれる。

「さあ、その棍で私の頭を殴ってください」

「え？　あの……朱善さん？」

「思いっきりやってください。遠慮はいりません」

思わぬことに、千尋は戸惑い、姜尚の顔を見た。

姜尚が苦笑して、呟《つぶや》く。

「不器用な奴だ。獄吏としては、脱獄を見逃すわけにはいかねえ。だから、気絶するまで殴れとさ」

「そんな……。無理だ」

もしも、朱善が自分と姜尚を逃がさないつもりで攻撃してきたのならば、応戦することはできたかもしれない。

しかし、無抵抗の相手を気絶するまで殴ることなど、千尋にはできなかった。

朱善は、苛立《いらだ》ったような目になった。

「千尋さま。時間がありません。早くお願いします」

「無理だって……!」

格子のむこうで、姜尚がニヤリとしたようだった。

「俺がやってやろうか?」

朱善はキッと姜尚をねめつけた。

姜尚は「うわあ、おっかねえなあ」などと言っている。だが、その実、ちっとも怖いと思っていないのはあきらかだ。

朱善は舌打ちし、千尋の手から棍をとった。

鋭い気合とともに、力いっぱい、自分の頭に振り下ろす。

(うわ……!)

耳に痛そうな音がして、朱善の身体《からだ》がよろめいた。

そのまま、朱善は壁にもたれ、ずるずると座りこんでしまった。

朱善の傍らに、カランと音をたてて棍が落ちる。

「野蛮な男だな。無茶苦茶やりやがる……」

姜尚がため息をついて、呟いた。

「大丈夫かな……？　あんなに力いっぱい、やらなくても……」

「こいつなりの誠意なんだろう。よくはわからんが」

「誠意？」

「王へのな」

ポツリと言って、姜尚は扉を開けるよう、千尋を急《せ》かす。

千尋は倒れた朱善を気にしつつ、合い鍵を鍵穴に差し込んだ。

ほどなく、二人は石の廊下を駆けぬけ、地上に出た。

細作の姿はなかった。千尋たちが逃げる時間を稼ぐために、見張りを引きつけて移動しているのかもしれない。

「今日が王の婚礼らしいな」

外の風を吸いこみながら、姜尚が呟く。

腰には、朱善から奪った佩剣を下げている。

婚礼と言われて、胸が痛くなった。

（そうだ。言わなきゃ。司馬さんに一緒に婚礼を阻止してほしいって言われたこと……）

しかし、いざ姜尚を前にすると、そんな無茶なことは口にはできなかった。

たった今、自由の身になったのに、また捕らえられる危険をおかせとは言えない。

遠くで、銅鑼《どら》が鳴った。

まだ婚礼はつづいているのだろうか。

(櫂……)

そんな千尋の肩に、温かな手がかかった。

「ぶち壊してやろうか」

見上げると、悪戯《いたずら》っぽい蒼の瞳が千尋を見下ろしている。

冗談めかしているが、姜尚は本気のようだった。

(なんで?)

「でも……姜尚さんは逃げねえと」

「で、王の婚礼なんていう、おいしいものをみすみす見逃して、尻《しり》に帆《ほ》かけて逃げだすほうがいいのか?」

姜尚は、ニッと笑った。

自分の迷いも櫂への想いもたぶんわかっていて、そう言ってくれているのだ。

千尋は、頭《かぶり》を振った。

「ダメだ。姜尚さんに何かあったら……。せっかく逃げられたのに」

だが、止める言葉を口にしながらも、心が引き裂かれそうだ。

どうして、自分はこんなに未練がましいのだろう。

燿が本当に自分のことを覚えていないのだと確認し、切ない想いをするだけだとしても、一目でいいから会いたかった。

病気だったというのが香貴妃たちの嘘《うそ》だとしても、今の体調がどうなのか、それだけでもたしかめたい。

（私情だ、こんなの……。オレは桃花巫姫なのに、蓬萊の人たちのことも考えないで、燿のことばっかり考えてる……）

くしゃっと髪をつかまれて、千尋は目を見開いた。

姜尚の瞳に真剣な光が浮かんでいる。

「俺はな、何もおまえのためだけに生きてるわけじゃねえ。俺がぶち壊したいから、やろうって言ってるんだ。……あいつを王の嫁にさせるのも業腹《ごうはら》だしな」

「あいつ……？」

（香貴妃……のことか？）

それにしては、なんだか知っている人のことを言っているような口ぶりだ。

（でも……気のせいだよな。知り合いのはずねえし）

蒼い瞳が、じっと千尋を見下ろしている。姜尚は姜尚なりに、思うところがあるらしい。

「ぶち壊せないまでも、何が起きているのか見届けようぜ。……安心しな。おまえの命だけは何があっても護《まも》ってやる」

どうして、そこまでしてくれるのだろう。

まだ逡巡《しゅんじゅん》していると、姜尚は「しょうがねえな」というふうに苦笑いした。

「たまには素直になれよ、千尋」

ポンと千尋の背を叩き、走りだす。長い牢獄生活を送ったとは思えないほど、俊敏な身のこなしだった。千尋も慌てて、姜尚の後を追いかけた。

＊

＊

華蓉殿の階《きざはし》の下に、馬車がついた。

馬車の下から八十八段の階段を上り、華蓉殿のなかまで、花嫁のための緋色《ひいろ》の絨毯《じゅうたん》が敷かれている。婚礼が終わるまで、花嫁が地面を踏むことは許されないのだ。

咳《しわぶき》一つ聞こえない華蓉殿の広場で、数千の人々がこの光景を見守っていた。

正装した女官に手を引かれ、馬車から降りた女は紅《くれない》の花嫁衣装をまとっていた。

おりからの強い風に、顔を覆う赤い紗《しゃ》がふわっと翻った。白い顎《あご》と紅《べに》を塗った薄い唇がちらりと見える。

「どうぞ、貴妃さま」

女官が花嫁を階の下に用意された輿《こし》に誘《いざな》い、手助けして座らせる。

輿は香貴妃を乗せて、ゆっくりと階を上りはじめた。

その光景を、華蓉殿のなかから司馬が見下ろしていた。普段は身につけない紫の袍に身を包み、金玉《きんぎょく》の帯を締め、秘書令の印綬《いんじゅ》を帯びている。

(后妃《こうひ》誕生となるか……やれやれ。……千尋殿たちは、これでは乱入は無理じゃな)

紫の袍をまとう高級官吏は司馬をのぞけば、丞相の烏陵を含めて、わずか六名のみ。

本来、そこにいるべき三公の二人までが欠けていた。

めでたい王の婚礼だというのに、参列する人々の表情はどこか曇りがちだった。

三ヵ月前、五体の神獣が鵬雲宮に降臨し、真昼の空が夜のように暗くなったことがあった。

あれは、王が道を誤ったため、それを叱責《しっせき》するために神獣たちが現れたのだと丞相は説明した。

神獣たちの怒りを受け、王は傷つき、長らく高楼で病の床に伏していた。

王は神獣たちに道を正すと約束し、その結果、王都と鵬雲宮の陰の気は薄れた。そのはずだった。

ところが、丞相は何を思ったか、四つの祠堂《しどう》を破壊するという暴挙に出た。

そのうえ、王は漆黒の神獣を連れた黒い桃花巫姫と婚礼をあげるのだという。

なぜ黒い桃花巫姫なのだろうという疑問は、誰の胸にもあった。

王の行為は、断末魔の世界の息の根を止めるのではないのかと。

亮天《りょうてん》には、すでに本物の桃花巫姫が降臨していると民衆が噂《うわさ》しあっていた。

桃花巫姫は丞相の迫害を怖れ、長風旅団に身をよせているのだと。

それでも、居並ぶ武官たちと衛士が怖くて、人々は反対の声をあげることができなかった。

今、黒い神獣は石の祭壇の奥、一段高くなった場所に立ち、紅《あか》い天蓋《てんがい》の下から人々を見下ろしている。

光のない闇《やみ》そのものの毛皮のなかで、双の目だけが不気味なほど蒼い。

(気持ちの悪い化け物じゃの)

チラリと黒い神獣を見て、司馬は慌てて視線をそらした。

神獣の前にある祭壇を見ているふりをする。

祭壇は大きな白い石で作られており、人が二人並んで横になれるほどの大きさだ。

祭壇には金糸銀糸の刺繍《ししゅう》の入った白い布がかけられ、その上に見事な翡翠《ひすい》の大盃《たいはい》が置かれている。

王族の婚姻に欠かせない、王家の至宝、延寿盃《えんじゅはい》である。この祭壇の前で神獣と祖先に拝礼し、延寿盃で杯を交わすことにより、婚姻の絆《きずな》が結ばれるのだ。

祭壇から少し離れたところに、豪奢《ごうしゃ》な紅の袍をまとった龍月季が座っていた。黒檀《こくたん》の椅子に肘《ひじ》をかけた王はこの晴れの日に、まったくの無表情だ。その傍らには、紫の袍に身を包んだ烏陵が満足げに控えている。

（なんたる茶番じゃ）

司馬は心のなかで、こっそりとため息をついた。できるものなら婚礼を阻止したかったが、この状況ではどうすることもできない。

階をあがってきた輿が、華蓉殿の軒下でゆっくりと下ろされる。優美な仕草で輿から降りた香貴妃が女官に手をとられ、花嫁のために敷かれた赤い絨毯の上に足を下ろした。

月季が立ちあがり、香貴妃が近づいてくるのをじっと見つめている。貴妃が王とともに祭壇の前に進み、延寿盃からただ一口、酒を飲めば、もはや誰もこの女を鵬雲宮から追い払うことはできなくなる。

一度は失脚し、荊州《けいしゅう》の離宮に送られることになったはずの女だった。けれども、今、その腹のなかには王の種が宿っているという。

(本当に主上の御子《おこ》かどうか、怪しいものじゃがな)

そう思っているのは、司馬だけではない。

しかし、烏陵が香貴妃の後ろ盾についた以上、表だって、その疑念を口にできる者は誰もいなかった。

見守る重臣たちの作り笑顔も、どことなくそらぞらしい。

香貴妃は勝利の笑みを口もとに浮かべ、優美な足どりで月季にむかっていった。

月季が、そっと香貴妃に手をさしのべる。

「来よ、我が后妃」

香貴妃の白い手が王の手に重なりかける。

その瞬間だった。石の祭壇がガタガタと揺れはじめた。

(む……なんじゃ?)

その場の人々が祭壇を注視する。

月季と香貴妃もまた、ハッとしたように祭壇を振り返った。

ガタガタという揺れが大きくなったかと思うと、祭壇の側面の大きな石がズッ……と内側から押しだされてきた。

「重いな、こりゃあ」

祭壇のなかから、低い男の声がする。

つづいて、「うりゃあああーっ」というかけ声とともに石が飛び出した。その弾みで、祭壇の上の石がずれて、ひっくりかえる。

延寿盃が石の床に滑り落ち、派手な音をたてて砕け散った。

硬い音をたてて、司馬の足もとに翡翠の破片が飛んできた。

さすがの司馬も、目をむいた。

(延寿盃が……なんたることじゃ)

「すげえ。姜尚さん、開いたぞ」

もうもうと立ち上る砂埃《すなほこり》のなかから這《は》いだしてきたのは、栗色《くりいろ》の髪の美少年だ。その後ろに髭面《ひげづら》の偉丈夫の姿がある。

美少年は自分がいる場所に気づいたのか、ギョッとしたような表情になって動きを止めた。

「おや……これはまた、狙《ねら》ったようにど真ん中に出ちまったな。なるほど、あの通路はここにつながってたのか。いや、どうも、お忙しいところ、お邪魔するぜ」

偉丈夫――姜尚はあたりを見まわし、ニイッと笑ってみせる。

(このバカどもが)

司馬は、心のなかで頭を抱えた。たしかに婚礼を阻止してほしいとは言ったが、この登場のしかたは派手すぎる。

月季がすっと右手を横に出し、香貴妃を自分の背後にかばった。

千尋が顔をあげ、月季を見た。

その瞳のなかに、激しい感情が動いた。

何かに突き動かされるように、細い身体が王にむかって飛び出す。

「櫂！」

＊　　＊

月季は、己の胸に飛びこんでこようとする千尋をキッと睨《にら》みつけた。

「無礼者！　触れるな！」

そう言われることは予想していたが、実際に言われるとひどく傷ついた。

それでも、止めようにも止まらない。

強引に王にしがみつき、心のなかで何度も櫂の名を呼ぶ。

（思い出せ……！　頼む！）

千尋にむかって振り上げた月季の手が、途中で止まった。

月季は、無言で千尋を見下ろした。

千尋も月季の顔を見上げた。

しばらく見ないあいだに、少し痩《や》せたようだ。華やかな紅い袍が、かえって顔色の悪さを強調している。

硬く強《こわ》ばった身体は冷たく、黒い瞳に浮かぶ光も決して優しくはない。

(オレのこと……ホントに覚えてねえんだ)

司馬からは聞いていたが、実際にこうなると胸が痛い。

どうして、こんなことになってしまったのだろう。

王の瞳が、かすかに揺れる。

「燿……」

小さくささやく千尋の唇に、王の視線がふっと落ちた。

見つめあう二人のあいだで、空気の温度がわずかにあがったように見える。

月季の視線は、千尋の顔から離れない。

重臣たちがどよめいた。

千尋が王の寵童《ちょうどう》だということを知っている者も多い。

彼らにとって、この光景は「王に捨てられた寵童が、婚礼をぶち壊しにしようと乱入してきた」ものと映った。

「延寿盃を壊すとは……」

「捨て身の攻撃ですな。身辺整理に失敗されましたか……」

ボソボソと呟く声は低い。

（思い出してくれよ、燿……）

心のなかで呼びかけると、王がゆっくりと手を下ろした。

「そなた……どこかで……」

（思い出しかけてる？）

ドキリとして、千尋は月季の腕をつかんだ。

さっきまで冷たかった腕に、温《ぬく》もりが通いはじめている。

月季の瞳がわずかに揺れた。

白い指がためらいがちに千尋の頰にのびる。

触れられた瞬間、どちらもびくっと身を震わせた。

（燿……）

まるで、唇をあわせた時のように甘美な電流が走りぬけ、相手の瞳から目が離せなくなる。

「思い出してください……。オレです」

ささやく千尋の瞳をのぞきこみ、王が何か言いかける。

その時だった。

香貴妃が鋭く言った。

「主上、何をなさっておいでです！」

その声に打たれたように、月季の表情が硬くなる。

（あ……）

一瞬、二人のあいだに存在した特別な空気がふっと消滅した。

王の手がすっとひっこめられ、視線が外れる。

失望に、千尋の瞳が暗くなる。

あともう少しだったのに、邪魔をされた。

（二人きりだったら、なんとかなったかもしれねえのに……）

香貴妃が絞め殺しそうな目で千尋を睨みつけ、衛士たちを呼んだ。

「誰《たれ》かある！　主上をお護りなさい！　その狼藉者《ろうぜきもの》を捕らえるのです！」

その声に応《こた》えて、衛士たちが抜刀し、駆けつけてくる。

千尋は必死にあたりを見まわした。しかし、逃げ道はどこにもない。

「耀！　思い出してくれ！　耀！」

すがるように呼びかけても、王はもう感情の欠落したような瞳に戻ってしまっている。

薬を使われているのか、何かの術で暗示にかけられているのか。

「耀ーっ！」

「狼藉者を黙らせなさい！」

怒りに満ちた貴妃の叫びが響きわたる。

（やべえ……。オレ、マジで殺されるかも）

この状況では、逃げられる気がしない。

その時、姜尚が悠然と千尋を見、親指を立ててみせた。

「そろそろ、ずらかるぜ、千尋。とにかく、婚礼は阻止したんだ。これで成功ってことにして逃げようぜ」

その声に、重臣たちの幾人かは心のなかで拍手喝采《かっさい》したかもしれない。

烏陵が三公のなかで突出して力をつけることを望まない者は、この騒ぎを腹の底では楽しんでいた。

けれども、この後、香貴妃がどれほど荒れ狂うかと想像できる者や、とばっちりを受ける可能性がある者はみな青ざめ、暗い顔になっている。

じりじりと後ずさりながら、千尋は姜尚のほうを見た。

「阻止って……？」

ただ、乱入しただけの話ではないのか。

これを成功と呼ぶ姜尚の考えが、よくわからない。

姜尚は佩剣を構え、ニヤリとした。

「わからねえか。延寿盃が砕けたから、大成功ってわけさ。ほれ、この翡翠のやつだ。王家の婚礼には、欠かせない大事な盃なんだと。俺たちが出てきた場所の上に置いてあったってのが、大笑いだぜ」

砕けた延寿盃の破片を爪先《つまさき》で蹴り、姜尚は切りかかってきた衛士の胴に佩剣の背を叩きこんだ。

衛士は、声もなく倒れこむ。

姜尚はバカにしたように、衛士たちにむかって指をくいくい動かし、挑発してみせる。

「おのれ……！　よくも……！」

「主上をお護りしろ！」

衛士たちがいきりたつ。

月季はこの場の騒ぎなど目に入らない様子で、千尋を凝視している。

「千尋！　ずらかるぜ！」

姜尚が千尋に合図し、階のほうに走りだす。

衛士たちがバラバラと駆けよってくる。

このまま、ここに残れば、自分の命はないかもしれない。

それでも、千尋は動けなかった。最愛の青年の側を離れたくない。

蓬萊と現代日本に引き裂かれたあの瞬間の絶望と悲しみを、もう一度くりかえしたくなかった。

今、月季から離れれば、次にいつ会えるとも知れないのだ。

「何をしている、千尋！　来い！」

姜尚が叫ぶ。

千尋はそれでも月季を見つめたまま、逃げることができずにいる。

その時、冬の大気を引き裂くようにピーッと甲高い音が響いた。

見ると、姜尚が指笛を吹いている。

数秒遅れて、華蓉殿の外門を飛び越え、白黒の影が二つ、広場に飛びこんできた。

まー！

（え……？）

大小二つの影の片方は、どうやら芳芳らしい。もう片方はそれより小さな大熊猫――鈴《りん》鈴《りん》である。

その後ろから、白猫も現れた。広場を囲む高い石塀からトンと飛び降り、大熊猫たちを追うように走ってくる。

（神獣？）

「おのれ……！　鈴鈴、妾を裏切るか……！」

香貴妃が歯嚙《はが》みし、鈴鈴にむかって「止まれ」と叫ぶ。

鈴鈴は走りながら香貴妃を見たが、命令には従わない。

二体の大熊猫と白猫は立ちふさがる武官の頭上を軽々と飛び越え、階《きざはし》を駆けあがってくる。

王や重臣たちにあたるのを怖れて、矢を放つ者はいない。

「いくぜ、千尋！」

姜尚が切りかかってくる衛士の一撃をかわし、芳芳にむかって駆けだした。

慌てて、千尋も姜尚を追いかけようとする。

だが、後ろからぐいと強く腕をつかまれ、動けない。

（しまった……！）

振り返ると、酷薄な表情の月季が自分の腕を捕らえている。

「そなたは逃がさぬ」

「燿……」

ふりはらって逃げなければいけないのに、どうしても身体が動かない。

この腕をふりはらうことなど、考えられない。

（なんで……オレ……。バカだ……）

「何をしている、千尋！　逃げろ！」

階の途中まで降りて、姜尚が舌打ちし、こちらに戻ってこようとする。

けれども、その身体を芳芳がくわえ、首のひとふりで自分の背中に放り投げた。白猫も軽く飛んで姜尚の肩に着地する。

姜尚が息を呑《の》んだ瞬間、大熊猫は力いっぱい跳躍し、華蓉殿の屋根に飛び乗った。つづいて、鈴鈴がチラリと香貴妃を見、そのまま芳芳の後を追う。

「な……！　逃がしてはなりませぬ！　殺しなさい！」

香貴妃が鋭く叫ぶ。

衛士たちがいっせいに矢を射はじめた。

千尋は手首をつかむ月季の指の力を感じたまま、懸命に前に出ようとした。引きよせられながら、抗《あらが》う。

自分でも、もうどうしていいのかわからない。

人々の怒号と叫びのなかで、神獣と大熊猫たちの気配が遠ざかっていく。

重臣たちの幾人かは華蓉殿の外まで出て、様子をうかがっている。

もう婚礼どころではない。

ビリッと布が裂ける不穏な音がした。

見ると、香貴妃が顔にかかった紗《しゃ》の布を引きちぎり、キッとこちらにむきなおるところだった。

目つきで人が殺せるなら、この瞬間、千尋は死んでいたろう。

女の眼差しのなかには、明確な殺意がある。

（殺される……）

胃のあたりが冷たくなった。

初めて、本当に死を意識する。

香貴妃が襦裙の懐《ふところ》から、暗器《こがたな》をとりだす。この場で、自分を刺すつもりだろうか。

（いくらなんでも……貴妃が……これから王の嫁になろうっていう女が……。でも、こいつなら、やるかもしれねえ）

その場の人々がシンと静まりかえる。

これほどの暴挙が許されるのだろうか。しかし、黒い神獣の前で香貴妃に逆らうことは誰もが怖ろしかった。

「お待ちくだされ、貴妃さま」

沈黙を破って、司馬が立ちあがる。

（司馬さん……）

正直、うれしかった。まさか、司馬がこんなふうに貴妃の前で自分をかばってくれるとは思わなかった。

だが、こんなことをしたら、司馬までもが香貴妃に殺されかねない。

そんな剣呑《けんのん》な空気が、あたりに漂っている。

「なんですの、秘書令殿」

妖艶な視線を司馬に投げかけ、香貴妃は微笑《ほほえ》んだ。

自分に逆らうつもりかと尋ねる眼差しだ。

司馬は落ち着いた表情で、香貴妃を見返した。

「婚礼の前に血を流してはならぬという掟《おきて》をお忘れですか。この場でその寵童を殺害すれば、神獣さまも姿を消してしまわれましょう」

「秘書令の申すとおりです、香貴妃殿」

烏陵も立ちあがり、静かに言った。

瘦せても枯れても、司馬とは竹馬《ちくば》の友である。裏で香貴妃と結託していたとしても、司馬への気持ちは変わらない。たとえ、どれほど政治的な立場を異にしたとしても、最後は互いを護ることが最優先となる。

それが、烏陵と司馬の五十年以上、変わらぬ関係だった。

男たちの揺るぎない友情を見せつけられ、香貴妃は腹のなかで舌打ちしたようだった。

「では、婚礼の後に首をはねてくださりませ」

「それはならぬ」

ふいに、千尋の背後から静かな声がした。

逆らうことが許されない王の声。

（え？　耀？）

香貴妃がハッとしたように月季を見る。

月季は「従え」というふうに、まっすぐ香貴妃を見据えている。

女の目のなかに怒りと驚きの色が渦巻いた。

けれども、まだ龍月季は王である。満座の人々の前で逆らうことはできなかった。

それでも、香貴妃は精一杯の抵抗を試みた。

「その少年は延寿盃を砕き、長風旅団の頭目《とうもく》と結んで、主上のお命を狙った者でございます」

「長風旅団の頭目は捕らえて殺すがよい。だが、この少年は余が殺してよいと言うまで、手出しはならぬ」

そこまで言われては、香貴妃もそれ以上、千尋を殺せと言い募るわけにはいかない。

少し離れたところでは、司馬がホッとしたような目になった。

烏陵は、苦虫を噛みつぶしている。

（なんで……？　オレのこと、覚えてるわけじゃねえんだよな、櫂？）

それでも助けてくれたということは、月季が自分を見て、何か感じるところがあったからだろうか。

記憶をなくしていても、絆は完全に消えたわけではないのかもしれない。

その時、白い指が千尋の顎《あご》をつかみ、強引に上をむかせた。

(あ……)

まぢかに、漆黒の瞳があった。

何を考えているのかわからない、王の眼差しが。

(耀……)

懸命に、瞳だけで話しかける。好きだと訴えかける。

そんな千尋を見、月季が何を思ったのかはわからない。

漆黒の瞳がわずかに揺れたようだった。

そのまま、王は突き放すように千尋を離す。

「牢に入れておけ」

「はっ！」

衛士たちが駆けよってくる。

千尋はどうしていいのかわからないまま、衛士たちに左右から腕をつかまれ、歩きだした。

＊　＊

白い薄紙を貼《は》った格子窓のむこうから、寒気が染みこんでくる。

燭台《しょくだい》に明るく照らされた房《へや》のなかには火桶《ひおけ》が置かれていたが、そんなものでこの広い空間が暖まるわけでもない。

房の外では、数時間前から粉雪が降りはじめている。

月季は何度、目を通しても頭に入ってこない書物を閉じた。

真夜中過ぎである。

黒檀の机の置かれた執務室には、月季しかいない。

――耀……！

耳の奥には、まだ昼間、婚礼の席に飛びこんできた少年の声がはっきりと残っている。

（何者だ、あの少年は……）

月季の記憶にはないが、少年は小松千尋といい、周囲の者の話では以前、自分が目をかけていた寵童だったという。

けれども、自分はなぜ、あれだけの美貌《びぼう》の少年を覚えていないのだろう。

背後から抱きしめた時、まぢかにある栗色の髪から、どこか懐かしい花の匂《にお》いがした。

ここではない、どこか遠くで嗅《か》いだことのある芳香。

わけのわからない懐かしさと愛《いと》しさが胸いっぱいに広がって、抗う少年の身体をこのまま、ずっと抱いていたいと思った。

昼間の出来事から、もう半日以上たっているというのに、自分はあの少年のことばかり考えつづけている。

(なぜだ……。なぜ、これほど気になる……)

「小松……千尋……」

口のなかで呟いてみると、ふっと脳裏に白い花の映像が浮かんだような気がした。

そのとたん、ズキリと鋭い痛みがこめかみのあたりに走った。

「くっ……」

月季は顔をしかめ、頭を振った。

疼《うず》くような痛みが、額のあたりまで広がってくる。

(白い花がなんだというのだ)

背後で、ひそやかに扉が開く音がして、少し引きずり気味の足音が近づいてくる。

「主上、まだこちらにおいででしたか」

烏陵の声だった。

月季は丞相を振り返り、わずかに眉根をよせた。

「そなたも夜遅くまで、ご苦労なことだ」

烏陵は瞳だけで笑い、書類の束を差し出した。

「仮で結構でございますから、裁可をお願いいたします。玉爾《ぎょくじ》が見つかり次第、あらためて押していただきますので」

月季は書類を受け取り、ため息をついて机に置いた。

烏陵が咎《とが》めるような目で王を見る。

「主上」

「今は頭が痛い。勘弁してくれ」

「……さようでございますか。では、香貴妃殿をお呼びいたしましょうか?」

「いや、今はいい」

月季はこめかみを揉《も》みながら、苦笑した。

香貴妃が后妃になることに異存はなかった。

だが、妻にしようという女への愛情をまったく感じないのはどういうことだろう。

烏陵が香貴妃の名をだした時、胸に浮かんだのははっきりとした拒絶の意思だった。

具合が悪い時に近づかれたくない。

それは、自分にとって香貴妃の側が安らぎの場所でないという何よりの証《あかし》である。

(しかし、余はあれを后妃にすると決断した。何か理由があったはずだ。何か……大切な理由が……)

思い出せないことが多すぎる。

病だったからだと香貴妃と烏陵は言う。

(病……か)

ずっと寝込んでいた記憶はある。暗くて寒い場所で。

渦巻く陰の気のなかに、血のように鮮やかに赤く、香貴妃という女が立っていた。

だから、自分はあの女を選んだのだろうか。

わからない。

烏陵が静かに一礼して、房を出ていく。

しかし、月季はそれには気づかなかった。

＊

＊

寒さがしんしんと染みこんでくる。

千尋は眠れないまま、牢のなかで寝返りを打っていた。

昨日まで、姜尚が入っていた牢である。姜尚の時は木の寝台だけだったが、千尋が連れて来られた時には清潔な木綿の褥《しとね》と掛け布団も用意されていた。王の寵童だということが考慮されたのかもしれない。

それでも、慣れない身体には牢の寒さと湿気はこたえる。

(オレ……このまま、どうなっちまうんだろう……)

王のおかげで命は救われたが、香貴妃がこのまま指をくわえて見ているわけはない。

食べ物や水に毒を仕込まれたら、避ける術《すべ》はなかった。

（なんとかして、逃げださなきゃ……）

それにしても、寒い。少しでも眠って体力を温存しようとしたが、このままでは眠るどころではない。

千尋は頭から掛け布団をかぶり、胎児のような姿勢をとった。

首にかけた革紐《かわひも》を手探りし、その先についている五爪龍の指輪をギュッと握りこむ。

衛士たちも、寵童の証である指輪まではとりあげなかったのだ。

（燿……）

遠くから人の足音が近づいてくる。こんな時間に、誰か来たのだろうか。

（まさか……オレを連れにきたとか？　こっそり処刑するとか……）

掛け布団から恐る恐る顔をだした時、格子のむこうで足音が止まった。

「ここか」

決して聞き違えることのできない声がした。

百万人の人のなかからでも、千尋はその声を聞き分けるだろう。

胸の鼓動が速くなってきた。

（なんで……!?）

格子のほうに目をむけると、そこに月季が立っていた。黒い袍をまとい、長い黒髪を結わずにたらしている。千尋を見つめる瞳には、少し緊張したような色がある。

王の背後に、朱善が控えていた。

朱善は、姜尚を逃がした後も変わらず獄吏として牢の管理にあたっている。一つには王のとりなしがあったおかげだが、もう一つは降格しようにも獄吏よりも下の武官の役職がないせいもある。

（櫂……！）

千尋は、思わず飛び起きた。

会いたくてたまらなかった人が、なぜそこにいるのかわからない。

わかっているのは、ただ、最愛の人が来てくれたという事実だけだった。

「開けろ」

少し面倒臭そうに格子に触れ、月季が命じる。

朱善は困ったような表情になった。

「主上が罪人の牢に入られるのですか？　そのようなことをなさっては、あとで私が叱《しか》られますが……」

「余が入りたいと申しているのだ。典獄《てんごく》には、余から言っておく」

「……はい」

ほどなく、牢の重い木の扉が開く。

(入ってくるのか……?)

呆然《ぼうぜん》と見守る千尋の前で、月季が優美な仕草で身を屈《かが》め、牢のなかに入ってきた。

その背後で、扉が閉まる。

(まさか……思い出した?)

来てくれたのは、記憶が戻ったせいなのか。

期待しすぎてはいけないと思うのに、心のなかでは、もう半分くらいその気になってしまっている。

駆けよってきて、「千尋」と呼びかけてはくれないか。抱きしめてくれるのではないか。

「眠っていたか?」

尋ねられて、千尋は首を横に振った。

むこうが来ないのならば、こちらから駆けよって抱きしめたいくらいだ。

恋人の髪に触れたい。肩にも指にも唇にも触れて、たしかめたい。

(だから、まだ記憶戻ったって、はっきりしたわけじゃねえんだってば)

「いえ……。眠れなかったので……」

「そうか。余も眠れなんだ」

月季が近づいてきて、物言いたげに千尋を見下ろす。

千尋に会ったら言いたいことはたくさんあったのだが、いざ顔を見ると言葉が出てこないといった風情《ふぜい》だ。

もどかしさを絵に描いたような様子で、月季はしばらく千尋を見つめていた。

その眼差しは、虜囚をながめる王のものではない。

けれども、自分のことを思い出してくれた様子はどこにもなかった。

口調も違うし、表情も仕草も櫂のものではない。

（やっぱり……まだなんだ）

しょんぼりした気分で、千尋はうつむいた。

わかっていたのに、期待で気分が高揚したぶん、寂しさが募る。

「汚い牢だ。このような場所に、そなたを入れておくとは……」

やがて、ボソリと月季が言う。

「罪人ですから……しょうがないです」

目を伏せ、千尋は答えた。

相手は櫂なのに、敬語を使わなければいけないのがもどかしい。

月季はなおも納得がいかないようで、牢のなかを見まわしている。

「もう少し、綺麗にしてもよかろうに」

「はあ……」

（綺麗って言われても……牢屋だし）

月季の住む壮麗な宮殿とくらべたら、たしかに汚いだろう。

いつの間にか、朱善はいなくなっている。

（そうだ。これ……）

千尋は少しためらって、片手で首にかけていた五爪龍の指輪を外し、王に差し出した。

「あの……これをお返しします。オレには、もう持っている資格はありませんから……」

もう自分は王の寵童ではない。

王のなかから、これをくれた時の気持ちが消えたのならば、持っているべきではないと思った。

けれども、月季は指輪を見下ろし、穏やかな声で答える。

「そなたが持っているがよい」

「どうして……？」

何も覚えていないはずなのに。

「そなたにとっては大切なものなのだろう。……そういう顔をしている」

月季の瞳は、胸が痛くなるほど優しい。

「……はい」

千尋は指輪をもう一度、首からかけ、うつむいた。

記憶がないくせに、恐ろしく勘だけはいい。それがうれしくて、同時に切なかった。

理由はわからないが、目の前の少年が落ち込んでいるのを察したのか、月季がためらいがちに千尋の髪に触れてくる。

猫でも撫《な》でるような手つきだった。

懐《なつ》かしい感触に、千尋は目を細めた。

（耀……）

これ以上、優しくされたら、すがりついてしまいそうだ。

恋人だということすら忘れてしまった男に。

「訪問するには遅い時間であったな。すまぬ」

「いえ……いいんですけど……。どうせ眠れなかったし……」

冷えた腕を手のひらで温めながら、千尋は微笑んだ。

たとえ記憶が戻らなくても、会いにきてくれたのだ。それはそれで、ありがたいことには違いなかった。

月季が千尋の寒そうな様子を見、わずかに目を細めた。

「寒いか？」

「少し……」

言ったとたん、王が隣に腰を下ろし、肩に腕をまわしてきた。

ふわっと温もりが千尋を包む。

（ええと……あの……これ……）

意味を尋ねるのが怖い気がして、千尋は黙って王のしたいようにさせていた。

絹の袍の腕に抱かれていると、頬が熱くなってくる。

こんなにも自分は、この青年のことが好きなのだと思い知らされたような気がした。

側にいるだけで、うれしくてたまらない。

たとえ牢のなかであったとしても。

冷えた手を温かな手で包みこまれ、心地よさにほうっと息をつく。

（でも……こいつ、いちおう王さまなのに懐炉《かいろ》代わりにしてていいのか？　ぬくぬくで気持ちいいけど）

「遠慮はいらぬ」

千尋の心を読んだように、月季が耳もとでささやいた。

「オレのこと……覚えてないんですね。やっぱり……」

こんな距離で触れあっていても、月季が自分を思い出した様子がない。それが少し切なかった。

「そうだな」

ボソリと呟いて、月季は千尋の髪に軽く頬《ほお》をよせてきた。

（燿……）

「余は、なぜそなたを忘れたのだろう。そなたは何者だ？　小松千尋というからには、この国の人間ではあるまい？」

千尋は王の瞳を見上げた。

なんと答えていいのかわからない。どこから説明すれば、納得してくれるのだろう。

考えながら言葉を選んで、千尋はゆっくりと話しはじめた。

「オレは異世界からきたんです。大切な親友と一緒に。親友の名は、尾崎燿といいます」

「おざき……かい……」

呟いて、月季はふっと眉根をよせた。

「覚えていませんか？　燿とオレは幼なじみで、同じ学校に通っていたんです。家も近所で、いつも一緒でした。オレたちが蓬莱にきたのは、むこうの世界の春です。燿が面白いゲームがあると言って、一緒にやらないかって誘ってくれて……」

月季は頭痛でもするように、こめかみのあたりを押さえた。

「主上？」

「いや……なんでもない。つづけろ」

そう言いながらも、月季は苦しそうに浅い息を吐いた。

少し細めた漆黒の目に、苦痛の色がある。

（なんだろう。急につらそうになった……）

「主上……大丈夫ですか？」

思わず、千尋は額を押さえる月季の手に手のひらを重ねた。

触れたとたん、冷たくてピリピリしたものを感じた。

（奥に何かある……。痛いのはこれか）

月季の額の深いところに、何か暗い固まりがあった。

手のひらに霊気を集中していくと、固まりは薄くなり、ふいに滲《にじ》んで溶けたようだった。

月季の呼吸が、ふーっと深くなる。

王は驚嘆の眼差しで千尋を見、呟いた。

「何をした？　そなたが触れると、痛みがやわらいだ……」

自分が桃花巫姫であることを今の王に説明するわけにもいかず、千尋はただ微笑んだ。

霊力を使ったせいか、冷えていた身体が芯《しん》から温かくなっている。

「そなたは不思議だな……」

月季はどこか切なげな瞳で微笑み、千尋の手首をつかみ、手の甲に唇を押しあててきた。

やわらかな接触。

手の甲に触れた唇から、感謝以上の気持ちが伝わってくる。

こんな時だというのに、頬が熱くなる。

「主上……」

「また来てもよいか？」

牢のなかにいる囚人に訊《き》くことではない。

千尋は心のなかで苦笑し、小さくうなずいた。

「待っています」

記憶が戻る日を。

（待ってるから……ずっと……）

月季が少し首をかしげ、千尋の手をそっと離した。

立ちあがりながらも、王の視線は千尋から動かない。

第三章　二人の桃花巫姫《とうかふき》

翌日の夜も、月季《げっき》はひそかにやってきた。

月季の指示なのか、千尋《ちひろ》の待遇はだいぶ改善された。夕方には入浴も許され、牢《ろう》のなかに盥《たらい》と湯、それに火桶《ひおけ》が運びこまれてきた。

今も千尋の牢の片隅で、火桶の炭が赤く燃えている。

朱善《しゅぜん》に案内されてやってきた月季は、上機嫌で腕に白い牡丹《ぼたん》の花束を抱えていた。

「千尋、会いたかったぞ」

月季は花束を手渡しながら、微笑《ほほえ》んだ。

今日は黒い絹の袍《ほう》に、豪華な雪豹《ゆきひょう》の毛皮の外套《がいとう》を羽織っている。結わずにたらした長い黒髪とあいまって、その姿はなんとも言えず、怪しい。

(どこのゲームキャラだよ、おまえ)

ため息をついて、千尋は花束を受け取った。ふわっと甘い香りが立ち上る。

「オレもです。……こんな寒い時季に花って、すごいですね」

電気も石油もない蓬莱《ほうらい》である。よほどの手間と財力がなければ、できることではない。

「温室で育てさせたものだ。そなたには、白い花が似合うような気がしてな」

満足げに言いながら、月季は毛皮の外套を脱ぎ、千尋の肩にかけてくれる。

「寒かったろう。これを着ているがよい」

「あ……どうもありがとうございます。でも、いいんですか？　主上が寒いんじゃ……」

毛皮の温《ぬく》もりはありがたかったが、なんとなく落ち着かない。

「余は寒さには慣れている。それに、これはそなたのために持ってきたのだ」

ありがたく受け取れと、王の目が言っている。

苦笑して、千尋はもう一度、お礼を言った。

これが香貴妃《こうきひ》にバレたら、まずいような気もする。

（まあ、いいか。その時はその時だ）

千尋は牢のなかを見まわし、壁際の棚に置かれた素焼きの水差しに近づいていった。

花瓶はこれでいいだろう。

「この花、五弁じゃないのが残念ですね」

牡丹の花をいけながら言うと、王が怪訝《けげん》そうな声になった。

「五弁？」

「瑞香《ずいこう》ですけど」

（まさか、それも忘れてるんじゃねえよな）

千尋の言葉に、月季は眉根《まゆね》をよせた。

「瑞香……」

本当に覚えていないらしい。このぶんでは、神獣の記憶もないのではないか。

「白い花です。このくらいの大きさで、いい匂《にお》いがして……。覚えてないんですか？」

「白い花……」

呟いたとたん、月季は鋭い痛みが突き抜けたように小さくうめき、額を押さえる。

ばさっと黒髪が顔にかかった。

「主上……！」

とっさに、千尋は王に駆けより、その肩に腕をまわした。

月季の氷のように冷たい額に手のひらを押しあて、霊力を集中させる。

（消えろ……）

昨日と同じように、奥にある暗い固まりを溶かそうとする。

十数秒で、月季の呼吸が落ち着くのがわかった。

暗いものが消えるにつれて、手のひらの下の額が温かくなってくる。

月季の唇が笑みの形を作る。

「そなたが寵童《ちょうどう》であったというのは、間違いないようだな」

（え？）

言われて、自分が親密な体勢で密着していることに気づく。

「あ……すみませ……」

身を離そうとした刹那《せつな》、顎《あご》を捕らえられ、瞳《ひとみ》をのぞきこまれる。

こんなふうな距離で見つめあっていると、否応《いやおう》なしに思い出してしまう。

もう戻らない夜を。

（櫂《かい》……）

何を思ったか、月季が顔をよせてくる。

思わぬことに焦って、千尋は格子の外をチラリと見た。朱善の姿はここからは見えないが、物音は筒抜けだ。

「主上……いけません……。人が……」

月季はふっと笑って、牢の外に声をかけた。

「朱善、席を外せ」

ややあって「は……」という低い声が聞こえてくる。

二十ほど数えて、月季が千尋の額に額をコツンと押しあててきた。

「もう朱善はおらぬ」

千尋の腰に、月季の腕がまわる。

月季の瞳のなかに、自分の姿が映っている。
（櫂……）
むこうは覚えていないにしても、一度は肌をあわせた相手である。
この状態で、意識するなというのが無理なことだった。
「不思議だ。そなたが愛《いと》しくてならない」
その言葉に、胸がつまった。
——結婚してください、主上。
今は遠くなってしまった白瑞殿《はくずいでん》での会話。
もう何もかも忘れているはずなのに、どうして、こんなふうな言葉をくれるのだろう。
「そなた……何者だ？　余の寵童というだけか？」
月季は苦しげな目になり、千尋の頰《ほお》を宝物のように撫《な》で、栗色《くりいろ》の髪に指をくぐらせた。
千尋も月季の髪をつかみ、引きよせた。
もうどうなってもいいと思った。
「思いだしてください」
深く唇が重なる。
その一瞬、甘やかな電流が千尋の全身を走りぬけた。
月季もまた、何かを感じたように千尋の腰を抱く腕に力をこめた。

夢中になったように貪《むさぼ》られて、千尋は陶然として月季の首に腕をまわした。

千尋の肩から雪豹の毛皮が滑り落ちたが、どちらもそれには気づかない。

舌をからめられ、熱い指で首筋をなぞりあげられると、何も考えられなくなっていく。

二度と、こんなキスをくれることはないと思っていたのに。

(櫂……)

「この口づけ……覚えている」

長いキスの後、月季が千尋の顔をのぞきこみ、ためらいがちに呟いた。

その指が、何かをたしかめるように千尋の濡《ぬ》れた唇に触れた。

(あ……)

触れられると、唇からうなじにかけて、ゾクリとするような妖《あや》しい感覚が広がる。

ふいに、千尋を見つめる漆黒の目が驚きに見開かれた。

「千尋……？　千尋なのか？」

かすかな声が、千尋の名を呼んだ。

まじまじとこちらを見つめる表情には、覚えがあった。

「え？　櫂……？」

まさか……と思いながら呼びかけると、黒髪の青年は当たり前のことのようにうなずいた。

千尋は、勢いよく青年の両肩をつかんだ。

「オレのこと、思い出したのか？」

万歳と叫んで、牢屋中を駆けまわりたい。

うれしくて、つい声が大きくなる。

「ああ……。千尋だ。どうして忘れていたんだ、俺は……」

眉根をよせた青年が、何か言いかける。

しかし、千尋はそれにはかまわず、相手の首にしがみついた。

「耀！」

あのまま、記憶が戻らないかと不安だった。ずっと怖かった。寂しかった。

思いの丈をぶつけるように頬をすりよせ、温かな首筋に顔を埋《うず》めると、なだめるように耀の手が千尋の背中を撫でてくれる。

「千尋……」

（よかった！　記憶が戻らなかったらと思ったら、どうしようかって……）

ポロポロっと涙がこぼれる。

千尋は唇を噛《か》みしめ、耀の背中をつかむ指に力をこめた。子供のように声をあげて泣くのは恥ずかしいと思う程度の理性はある。それなのに、今にもしゃくりあげてしまいそうだ。

「櫂ぃ……」

涙声で呼びかけたきり、あとは言葉にならなかった。

たまらなくなったように、櫂も千尋の背中を力いっぱい抱きしめ、くしゃくしゃと髪を撫でてくれる。

「すまなかった、千尋。悲しい想いをさせた」

指の腹で涙を拭《ぬぐ》ってくれた櫂が千尋の顔をあげさせ、荒々しく唇で唇をふさぐ。

（櫂……）

何度も口づけられ、抱きしめられているうちに、もう何もかもどうでもいいような気持ちになってきた。

櫂がここにいて、自分に触れてくれている。

ただそれだけで、他にはもう何もいらない。

櫂の指が愛撫《あいぶ》するように千尋の髪をすきはじめる。

ゾクゾクするような感覚に、千尋は目を細めた。

櫂にこんなふうに触れられるのは、嫌いではない。

陶然として、互いの存在をたしかめあっていると、不安も戸惑いも消えていく。

櫂が火桶に炭を足し、千尋を自分の膝《ひざ》の上に抱えあげた。

むきあうような姿勢で抱きしめられ、千尋は少し照れて視線を外した。

密着した互いの身体《からだ》を意識してしまう。

「そういえば、おまえは帰ったんじゃなかったのか？」

今までとは違う真剣な瞳の色になって、耀が尋ねてくる。

「戻ってきたんだ。おまえを連れて帰るために」

「そうか……」

一瞬、耀の目のなかにつらそうな色が浮かぶ。

蓬莱王でもある耀にとって、むこうの世界に帰るというのはこの国のすべてを放り出していくに等しい。心のなかでは帰りたいと思っていても、やはり、素直にそう口に出すことはできないのだろう。

（やっぱり、帰る資格はねえって思ってそうだな）

王としての責任感を、とやかく言うわけにはいかない。

だが、寂しい気持ちはどうしようもなかった。

自分は耀を説得できるのだろうか。

ぼんやり考えていると、耀がボソリと呟いた。

「あれから……どのくらいたったんだ？　冬になっているということは……」

「たぶん……三ヵ月くらいたってると思う」

「そうか……。俺はずっと眠っていたような気がする……。いや、いくつか覚えていることもある。婚礼におまえが入ってきて……。あの時、目を覚ましかけたんだ。……すまなかった。おまえのことを忘れていて」

「ううん。いいんだ……。きっと、何か理由があるんだろうと思ってた」

ギュッと身を押しつけると、耀の胸の鼓動が速くなるのがわかった。

耀が切なげにため息をついて、千尋の肩に顔を押しあててきた。

（そうだ……。耀のご両親のこと、話してあげねえと……）

「あのさ……耀、おまえの親父《おやじ》さんもおふくろさんも無事だったぞ。戻ったら、ほとんど時間たってなくて、夜中の桜宮《さくらみや》公園だったんだ。それで、まだあの変な黒い影がいたから、退治したんだ。……そのせいかもしれねえ。事故が起きなかったの」

「そうか……。無事だったか。ありがとう、千尋」

ホッとしたように、耀が千尋の目をのぞきこみ、微笑んだ。

口にはださないが、きっと心配していたのだろう。

ずっと遠くで、金属の扉が開閉する音がした。交代の獄吏《ごくり》がやってくるのだろう。

「そろそろ潮時だな」

千尋を膝から下ろし、耀も立ちあがった。

「帰っちまうのか……？　そうだよな……」

（王さまだもんな……）

離《はな》れ難《がた》くて、千尋は櫂の顔を見上げた。櫂は千尋の瞳を見つめ、微笑んだ。

「帰るつもりはない」

「ええっ？　ここにいる気か？」

(王さまが牢屋に居着いたら、変だろ？　香貴妃だって怒るぞ)

そんな千尋の考えを読みとったのか、櫂は面白くてたまらないと言いたげな顔をした。

「おまえは本当に可愛いな」

「なんだよ……。バカにしてるのか？」

「いや……そういうわけじゃない。……帰らないというのはな、おまえの側《そば》を離れる気はないということだ」

(また後宮に連れてかれるのか？　でも、香貴妃がいるんだろ。やばくねえ？)

そう思った千尋の思考を読んだように、櫂が悪戯《いたずら》っぽく言う。

「一緒に逃げよう」

「え……？　逃げる？」

一気に眠気が飛んだ。

「こんなところにいられるか。来い」

床に落ちていた外套を拾って肩にかけられ、千尋は櫂が本気なのを知った。

櫂は、低い声で牢の外にむかって呼びかけた。

「朱善」

少し離れたところから、「は……」と応《こた》えがある。

（げ……。いつからいたんだ？）

千尋は、耳がカーッと熱くなるのを感じた。

櫂との親密な会話を聞かれてしまったのだと思うと、恥ずかしくてたまらなくなる。

（オレ、なんか変なこと言ってねえよな）

そんな千尋の心を読みとったのか、櫂が小声でささやく。

「気にするな」

「気にするなって言われても……！」

抗議しかけた千尋の唇を軽く唇でふさぎ、櫂は朱善のほうに視線をむけた。

「扉を開け」

「は……」

遠慮がちな靴音が近づいてきて、牢の木の扉が開く音がした。

櫂は千尋の腰を抱いて、牢の外に出た。

気まずそうな顔の朱善が、うつむいて立っている。千尋も朱善と目をあわせられない。

（櫂のバカ、バカ……！）

「朱善、余と千尋は逃げる」

王としての口調になって、燿が言った。

朱善は燿を見、ぎこちなく微笑んだ。

「お逃げになりますか。そのほうが、よろしゅうございましょう」

「そなたも来い」

低い声で、燿が命じる。

（え？）

千尋は燿の意図を計りかね、目を瞬《しばた》いた。

朱善もまた、意外な言葉を聞いたように王の顔を凝視した。

「主上……？　しかし……」

「ここに残れば、そなたが責任をとらされて死ぬことになる。余は、そなたを死なせたくない」

朱善は感極まったような顔になった。

「もったいないお言葉です、主上。私のようなものにまで、そのようなお気遣いを……」

「金門山《きんもんざん》では迷惑をかけたからな」

かすかに笑って、燿は歩きだした。

朱善のことは、王なりに気にかけていたらしい。

「主上、脱出されてから、どうなさるおつもりですか？」

背後から、朱善が尋ねてくる。櫂は肩ごしに朱善を見、低く言った。

「転がりこむ先のあてはある。心配するな」

(まさか、三娘《さんじょう》さんのところじゃねえよな?)

三娘というのは、櫂が昔、世話になった安《あん》将軍の未亡人で、まだ二十代の美女だ。亮《りょう》天《てん》の下町で料理屋兼宿屋をやっている。櫂にとっては、数少ない信頼できる相手らしい。

事情をよく知らなかった頃には、千尋は三娘が櫂の好きな女性ではないかと勘ぐり、嫉《しっ》妬《と》してしまったこともある。

だが、今、この場で三娘の名を出して質問することははばかられた。

櫂が格子を開けて外に出、千尋に「来い」と手をさしのべてくる。

*

*

まだ暗い鵬雲宮《ほううんきゅう》の窓に灯火が点《とも》った。

丹塗《にぬ》りの柱と柱のあいだを慌ただしく、女官たちの行き交う気配がする。

「主上が逃げた⁉ 真《まこと》かえ?」

回廊を足早に歩きながら、香貴妃がキッと女官をねめつけた。女官は無表情に答えた。

「はい。小松《こまつ》千尋と趙《ちょう》朱善も一緒のようです」

女官の足もとから、陰の気が立ち上っている。

「小松千尋……！　またしても、あの小僧か！」

キリキリと唇を噛みしめる香貴妃の顔は、蒼白《そうはく》だ。

「いかがいたしましょうか？」

感情のこもらない声で、女官が尋ねてくる。

「決まっておるわ。小僧は狩り出して、妾《わらわ》がこの手で首をはねてくれる！　禁軍の林《りん》将軍に伝えよ。黒髪の若者と小松千尋を捜しだし、生きて連れ戻せと！　趙朱善は殺せ！」

「は……」

女官は恭しく頭を下げ、主《あるじ》の言葉を伝えるために歩き去っていった。

香貴妃は苛立《いらだ》ったように指先で釵《かんざし》の位置をなおし、まっすぐ背をのばして、左手の房《へや》に入った。

そこには黒檀《こくたん》の椅子《いす》があり、烏陵《うりょう》が静かに座っていた。

火桶のなかの炭火がチロチロと揺れ、老人の疲れたような顔を照らしだしている。

その足もとには、翼のある柴犬《しばいぬ》が悲しげにうずくまっていた。

柴犬は禍斗《かと》と呼ばれる妖獣《ようじゅう》で、烏陵につけてもらった名は彩王《さいおう》という。思念で人と意思を通じ、成長すると亀龍《きりゅう》という龍になるが、今はまだ幼いため、空を飛ぶことと書物を運ぶことくらいしかできない。

香貴妃の姿を見、彩王は警戒するように耳を立てた。

「烏陵殿、主上が小松千尋と逃げたそうですわ」

香貴妃は老人の傍らに歩みより、その肩に軽く触れた。

烏陵は人形のように前を見つめたまま、動かない。

女の赤い唇に、邪悪な笑みが浮かんだ。

「気の毒に。陰の気にあてられて、病気になられたようですわね。主上と同じ病……。妾が面倒をみてさしあげなくてはなりませんわね」

「貴妃さまのおおせのとおりに」

老人の唇から、乾いた声が流れだす。香貴妃は酷薄な目になった。

「では、玉爾《ぎょくじ》を偽造して妾にくださりませ。形はご存じでしょう？　王命で州師《しゅうし》を動かすには、玉爾が必要ですもの」

「玉爾はございません」

無表情のまま、烏陵は答える。苛立ったように、香貴妃は唇を噛んだ。

「妾が偽造せよと申しておるのですよ、烏陵殿」

「偽造……」

「意味がわからぬのですか。……役立たずめが」

「玉爾はございません」

硝子玉《ガラスだま》のような目で宙の一点をながめたまま、烏陵がくりかえす。

香貴妃は烏陵を睨みつけ、扇を握る手に力をこめた。

(玉爾……どこに隠したのですか、主上)

鋭い音をたてて、扇が折れる。

しかし、烏陵は顔色一つ変えなかった。

その身体の片側は火桶の明かりで橙色《だいだいいろ》に照らされていたが、もう片方は半ば夜に溶けこんでいるように見える。

香貴妃が憤然と房を出ていった後、彩王は烏陵の手のひらに鼻づらをよせた。

烏陵は可愛がっていた彩王のことさえ、わからないようだった。その手が動いて、彩王の頭を撫でることはない。

彩王はキューンと悲しげに鳴き、ふいに何かを決意したように主の側を離れ、駆けだしていった。

＊　＊

まだ薄暗い冬の早朝、遠くで銅鑼《どら》が鳴った。

夜のあいだ閉じていた坊門が開く合図だ。

亮天の坊の数は八十八。南の高台に鵬雲宮があり、北の低地に常民の生活の場がある。亮天の東と西にはそれぞれ常設の市があり、夜明けとともに荷車や羊駝《ラマ》が荷物を運んで集まりはじめる。

銅鑼の音からしばらくして、馬たちの蹄《ひづめ》の音が亮天を駆けぬけていった。

「逃がすな！　追え！」

「はっ！」

兵たちの声が、薄暗がりのなかに響きわたる。

彼らが追っているのは、牢から逃げだした寵童と、寵童を連れて逃げた獄吏、それに蓬莱王、龍《りゅう》月季の「影武者」だという。

通常ならば、亮天の街中では捕吏《ほり》が動くのだが、極秘のうちに集められたのは王の近衛《このえ》である禁軍の武官たちだった。そこに、事態の深刻さが現れていた。

逃げた獄吏というのは、つい最近まで禁軍の一部隊の兵帥《たいちょう》を務めていた男だった。

追っ手のなかには、元部下や元同僚も混じっている。

もし、追いついた場合、影武者と寵童は無傷のまま、鵬雲宮に連れ戻せと命じられていた。獄吏には殺害命令が出ている。

慌ただしい蹄の音と人の気配が早朝の大通りを通り過ぎていく。

それをやりすごし、三つの影が裏通りのほうに走りだした。

「こっちだ」

先頭に立っているのは、影武者ということになっている尾崎《おざき》燿である。

黒い袍に王家の宝物〈九星剣《きゅうせいけん》〉を佩《は》いている。

後ろから、千尋と朱善が追いかけていく。

鵬雲宮を脱出してから、ほどなく、追っ手が近づいてくるのに気がついた。

亮天の裏道を知りつくしている燿がいなければ、千尋たちは捕らえられてしまっていたかもしれない。

「これから、どうするんだ……じゃなくて、どうするんですか、主上？」

朱善の耳をはばかって、千尋は言い直した。

燿のことは信頼している。かならず、安全なところに連れていってくれるだろう。

しかし、この寒さのなかだ。一刻も早く、暖かな場所で休みたかった。

「長風旅団《ちょうふうりょだん》に合流する」

こともなげに、燿は言う。

しだいに明るくなる空の下、肩越しに千尋を振り返る顔は何かふっきれたような表情を浮かべている。

「長風旅団に？」

予想もしなかった言葉だった。

「でも、オレが行って大丈夫なんでしょうか。あそこ、桃花巫姫がいるんですよね?」

長風旅団の事情はわからないが、偽者の前に本物が出ていってもいいのだろうか。気まずいことになりはしないか。

(それに、姜尚《きょうしょう》さんと叔蘭《しゅくらん》さんは櫂が王だって知ってるんだよな……。やばくねえか?)

「桃花巫姫の件は、心配はいらない。とにかく、行ってみよう」

千尋の不安をよそに、櫂はあっさりと答えた。

朱善のほうは、思わぬ王の言葉に仰天したようだ。

「王自《みずか》ら、反乱軍に入られるのですか? 主上、お考えなおしください。ご自分から、殺されに行くようなものです」

櫂は、チラリと朱善を見た。

「李《り》姜尚は、そこまで器の小さい男か?」

朱善は、言葉につまった。牢に捕らえられた状態で、自分を長風旅団に勧誘してきた姜尚の肝《きも》の太さを思い出したのだ。

もしかすると、李姜尚という男は王が仲間に入れてくれと言えば、笑いながら受け入れるのかもしれない。

そういうことをやりかねない男だというのは、獄吏として接しただけの朱善にもわかっていた。

「器は大きいほうかもしれませんが……しかし……主上」

「今から、余は尾崎燿だ。龍月季ではない。以後、敬語は使わなくてもよい。千尋もそうするように」

「あ……うん」

そのほうが、千尋としても気が楽だ。

燿は、朱善に視線をむける。

「旅団が嫌ならば、ついてこなくてもかまわん。太庚坊《たいこうぼう》に清昌亭《せいしょうてい》という宿がある。そこの女主人の三娘に尾崎燿の友人だと言ってもらえれば、亮天を脱出するための偽造符券《ふけん》と路費《りょひ》を用意してくれるはずだ」

「主上……」

「燿だ。尾崎燿」

燿は、ふっと笑った。

朱善は迷うような瞳になった。

「燿……さま、私は現在の身分こそ獄吏ですが、今も心は禁軍の武官だと思っております。近衛として、主上のお側を離れるわけにはまいりません」

「不器用な奴だな」

櫂が苦笑した時だった。

右手の小路《こみち》のほうで、殺気立った叫び声があがった。

「あっちだ！」

「いたぞ！」

（しまった……！）

千尋と櫂は、素早く目と目を見交わした。この距離では、逃げても追いつかれる。

さっきやりすごした兵たちまでもが駆けつけてきたら、今度こそ、逃げ場がない。

朱善が、ゆっくりと佩剣《つるぎ》をぬいた。

元部下やかつての同僚たちが相手であったとしても、戦う覚悟なのだろう。

（朱善さん……）

「おまえは下がっていろ」

櫂が千尋をかばうような位置に移動し、〈九星剣〉を鞘走《さやばし》らせる。

＊　＊

櫂が〈九星剣〉を鞘におさめると、最後の兵士が倒れこんだ。

十数人いた兵たちは、みな意識を失っている。手加減しきれなかったのか、腕や肩から血を流し、ぐったりしている者もいた。

朱善も佩剣を下ろし、慣れた手つきで血を拭《ぬぐ》い、鞘に戻した。

倒れた元の仲間たちを見る瞳には、つらそうな光がある。

「まいりましょう、櫂さま」

「うん」

櫂が小さくうなずき、千尋に合図して歩きだそうとする。

その時、右手のほうでかすかに気配が動いた。

（え？）

櫂が素早く、気配のほうに視線を走らせる。

そこには、いつの間にか姜尚が立っていた。髭《ひげ》は剃《そ》り、こざっぱりした袍を着ている。

額には、青い帕《はちまき》が巻いてあった。

「姜尚さん……」

姜尚は、ホッとしたように千尋を見た。

「逃げだせたのか、千尋。よかったな」

「姜尚さんも……」

「ああ。おかげさんで、なんとか逃げのびた。芳芳《ほうほう》たちも無事だ」

千尋に微笑んでみせた姜尚は、その横に立つ櫂を見、笑みを消した。

この状況を見れば、龍月季が玉座を放りだし、千尋を連れて逃げだしてきたのはあきらかだ。

ご丁寧に獄吏まで連れてきている。残してくれれば、罪に問われるということまで判断できるならば、なんらかの理由で腑抜《ふぬ》けだった王は正気に戻ったらしい。

「……で、どうする気だ、おまえらは？」

無表情になって、姜尚は尋ねてくる。

櫂の斜め後ろで、朱善が佩剣の柄《つか》に手をかける気配があった。姜尚の出方によっては、切り捨てる覚悟だろう。

朱善はかつて、先王の御前試合で太子《たいし》であった月季と互角以上の戦いをした男だ。本気で攻撃すれば、姜尚がかなう相手ではない。

櫂は軽く手をあげて朱善に落ち着けと伝え、姜尚を見ながら穏やかに言った。

「尾崎櫂に趙朱善。千尋は知っているな。三人で長風旅団に入団希望なんだが、入れてもらえるだろうか？」

姜尚は、少し黙りこんだ。

蒼い瞳の奥に、剣呑《けんのん》な光が揺れる。

「おまえが……龍月季が臥牛《がぎゅう》で、大学に立てこもってる俺たちに地狼《ちろう》をけしかけたことは忘れねえ」

あの時、王は祠堂《しどう》を護《まも》ろうと立てこもった学生たちを大学ごと包囲して、水の根を断ち切った。

死者は出なかった。

しかし、出てもおかしくはなかったのだ。

空から翼龍《よくりゅう》に乗って、千尋と耀が助けにやってきてくれなければ。

(姜尚さん……)

予想以上に厳しい姜尚の反応に、千尋は頬をぶたれたような気分になった。

どうして、忘れ去っていたのだろう。

自分の恋人は悪逆非道の王と呼ばれ、恐れられていたのだ。それは動かしようのない事実だった。

耀もまた、表情をあらためた。

「地狼の件は、俺の命令ではない。桓《かん》将軍が……柏州軍《はくしゅうぐん》の指揮をとっていた男だが、あれが先走ってやったことだ。あとで責任はとらせた」

「わかった。それは信じよう。だが、祠堂を壊そうとしたのはどうだ？　それも、将軍の勝手な判断か？」

罪を糾弾するような姜尚の言葉に、耀は長いこと黙りこんでいた。

それから、ポツリと呟く。

「あれは、俺の判断だ。誰のせいにするつもりもない。過《あやま》ちの責任は俺がとる」

「ほう？　責任をとれると思うのか。おまえが腑《ふ》抜《ぬ》けているあいだに、四つの祠堂が破壊されたぞ」

姜尚は、容赦しなかった。馴《な》れ合《あ》うつもりはないのだろう。

櫂もまた、真剣な眼差《まなざ》しになって答える。

「わかっている。今さら、こんなことを言えた義理ではないかもしれないが、旅団で働くことで償わせてほしい」

「下働きのするようなつらい、汚い仕事をさせるかもしれねえぜ？」

酷薄とさえいっていい蒼《あお》い瞳が、まっすぐ王を見据える。

それは陽気で、呑気《のんき》とさえ言える男が普段は見せない、もう一つの顔だ。

この厳しさがあればこそ、長風旅団を率いて、今日までぶれずに戦ってこられたのだろう。

初めて、姜尚のそんな表情を目にして、千尋は身震いしていた。

ただ優しいだけの男ではないということは、わかっていたつもりだったのだが。

「それでもかまわない。この蓬莱を救うためなら、俺はどんなことでもするつもりだ」

何かを覚悟したような瞳で、櫂は答える。

千尋は募《つの》る不安を押し殺しながら、この二人のやりとりを見守っていた。

朱善もまた、無言で王と長風旅団の頭目《とうもく》の会話を聞いている。

姜尚は、ふう……とため息をついた。

千尋は知らないことだったが、姜尚は実際に櫂に下働きの汚れ仕事などさせるつもりはなかった。復讐《ふくしゅう》のために、くだらない嫌がらせをしているような余裕は今の旅団にはない。

「おまえの覚悟はよくわかった。……で、もしも陰の気の脅威が消え去り、蓬萊が平和を取り戻したら、おまえはどうするつもりだ？　俺たちの力を借りて蓬萊を掃除し、綺麗になった玉座に戻るのか？　世界を救った王として」

揶揄《やゆ》を含んだ問いかけに、櫂はかすかに微笑んだ。

「そこまで恥知らずではない。玉座など、それにふさわしい者が勝手に座ればいい。俺は、千尋と一緒にむこうの世界に帰れるならば、そうしたい」

「そうか」

それだけ言って、姜尚はしばらく黙りこんでいた。

（やっぱり、ダメなのかな……。敵だと思ってた蓬萊王だもんな……。姜尚さん、すげぇ嫌ってたし）

こんなことになってしまっては、せっかく築いた姜尚たちとの友情も終わりになってしまうのかもしれない。

千尋はしょんぼりとした気分で、うつむいた。

櫂は無表情になって、姜尚の言葉を待っている。

その時、ふいに姜尚が笑顔になった。

「よし！　入団を許可しよう」

「え？　入らせてくれるのか⁉」

てっきり、断られると思っていた千尋は目を見開いた。

櫂も意外そうな顔をしている。

姜尚はニコニコしながら歩みよってきて、思いきり櫂の肩を抱きよせた。

「おお、男に二言はねえ」

「それはどうも」

むさくるしい男に抱きつかれて、櫂は嫌そうな顔をしている。

姜尚はまぢかにある整った横顔を見、真剣な声で言った。

「おまえが王としてしたことを誤魔化すようなら、入団を認めるわけにはいかなかった。龍月季のしたことは憎い。だが、尾崎櫂の力は今、蓬莱には必要だ」

それだけ言うと、姜尚は満足げに櫂の背中を二、三度叩き、今度は朱善にむきなおった。

朱善がびくっとして、一歩後ろに下がる。抱きつかれてはたまらないと思ったのだろう。

しかし、姜尚は悪戯っぽく片方の眉《まゆ》をあげただけだった。

「で、そっちの赤毛の獄吏も仲間に加わる覚悟があるわけか？」

「主……燿さまと一緒にお世話になりたい。よろしく頼む……頼みます」

朱善は、ぎこちなく姜尚にむかって頭を下げてみせた。

「わかった。じゃあ、今日から、おまえらは長風旅団の一員だ」

姜尚の言葉と同時に、物陰から銀髪の巫子《ふし》が歩みだしてきた。巫子の後ろには、腹心らしい男が数人控えている。

「叔蘭さん……」

千尋を見、叔蘭はホッとしたような顔になった。

「ご無事で何よりです、千尋さま。おかえりなさいませ」

「あ……ああ」

（ただいま……って言っていいのかな）

一瞬のためらいを見透かしたのか、叔蘭は微笑んだ。

「さ、朝食の準備ができております。ご案内しましょう」

＊　＊

連れてこられたのは、亮天の一角。立派な土塀に囲まれた屋敷だった。

屋敷の主は、武術の道場の師範だという。そのため、人の出入りが多くても不審には思われていないらしい。

移動の途中で、千尋は叔蘭に「あとで事情を話すので、それまで仲間たちの前では口をきかないようにお願いします」と言われた。

怪訝《けげん》に思ったが、櫂が目顔で「言うとおりにしろ」と言っているので、千尋もそれに従った。

屋敷の前庭には青い帕を額に巻いた若者が帳面を手にして立ち、その前に貧しい服装の男たちが五、六人並んでいた。男たちの年齢は、二十代前半から三十代半ばというところだろうか。みな、げっそりと痩《や》せており、目だけがギョロギョロしている。顔に打ち身や切り傷を作っている者もいた。

彼らは昨日遅く亮天にたどりつき、坊門が開くのと同時にやってきた入団希望の流民《るみん》たちだという。通常、流民は符券を持たないが、どこかで都合をつけてきたらしい。

帳面に流民たちの姓名や出身地を書き留めていた旅団の若者が千尋を見、パッと表情を輝かせた。

「おはようございます、桃花巫姫」

（え？　オレが桃花巫姫だって知ってるのか？　……なんで？）

挨拶《あいさつ》をかえそうとして、叔蘭に黙っているように言われていたことを思い出し、少し迷って相手に微笑みかける。

流民たちが、ざわっとざわめいた。

「あのかたが……」

「なんとお美しい……。それに、神々《こうごう》しい……」

希望に満ちた瞳で見られ、千尋は曖昧《あいまい》な笑みをかえした。

姜尚が流民たちを見、穏やかに言う。

「桃花巫姫は、神獣さまの復活を祈って無言の行の最中だ。いちいち挨拶はできねえが、勘弁してくれ。そのうち、行が一段落したら、みんなと話もできるようになるだろう」

（なんだよ、それ）

突っ込みたいが、人々に尊敬と感動の入り混じった視線をむけられ、手をあわせて拝まれては何も言えない。

櫂は「そういうことか」と言いたげな顔をしている。

朱善のほうは、何がなんだかわからない様子だ。

「さ、あちらへどうぞ」

叔蘭が軽く千尋の背中に触れ、奥のほうへ誘導していく。

すれ違う人々は、みな初対面のはずなのに、千尋が桃花巫姫だとわかっているようだった。

道を避け、丁寧に頭を下げる姿を見ていると、これは何かの間違いだと言いたくなる。

＊　　＊

「こちらが長風旅団の桃花巫姫です」

奥の房で、千尋たちは真面目な顔の叔蘭から一人の少女を紹介された。

室内には少女のほかには、千尋、櫂、朱善、姜尚、叔蘭の五人しかいない。

（オレそっくりじゃん……）

栗色の髪の少女の顔は、鏡に映したように千尋自身と瓜二《うりふた》つだ。

ただ、胸がわずかに膨らんでいるのだけが違う。

白と青の袍を着た少女は千尋を見た瞬間、手に持っていた笹《ささ》の枝を落とし、小さく鳴いた。

まー！

「芳芳ちゃん？」

（マジ？）

ぎゅーっと抱きついてくる自分そっくりの少女の背を抱き止め、千尋は目を瞬いた。

朱善は、さっきから呆然《ぼうぜん》としている。

つらかったというように、芳芳は鼻を鳴らす。

「これが桃花巫姫？」

「すみません。他にどうしようもなくて、影武者を立てました。神獣さまが消えた世界には、たしかな希望が必要だったのです。千尋さまがおいでであれば、千尋さまにお願いしていたところですが……」

申し訳なさそうに、叔蘭が頭を下げる。

そんな叔蘭や芳芳を責める気持ちにはなれなかった。

たしかに、蓬莱の現状は暗い。

流民たちは痩せて顔色も悪く、衣服もボロボロだった。あの人々にすがるものが必要なのは、千尋にもわかった。

「三ヵ月間、ずっとオレのふりしてたのか？　大変だったろう」

そっと髪を撫でてやると、芳芳は千尋の手の下で、ふかふかの毛の生えた大熊猫《おおくまねこ》に戻っていく。

甘えるようにまーと鳴く声を聞いて、朱善がよろめき、壁にもたれかかった。そのまま、しゃがみこんでしまう。

「大丈夫か？」

怪訝そうに、姜尚が小声で尋ねてくる。

朱善は顔をあげ、爽《さわ》やかに笑った。

「大丈夫です。おかまいなく」

笑顔のわりには、目の焦点があっていない。

千尋を見た時にはなんともなかったはずなのに、芳芳の化けた少女を見た瞬間、またしてもキュンとなってしまった朱善であった。

側に王や長風旅団の頭目がいなければ、朱善は何度も壁に頭を打ちつけていたかもしれない。

櫂が「やれやれ」と言いたげな顔で、朱善を見下ろしている。

「ええ、大変だったと思います。口をきくと、鳴き声でバレますからね。無言の行ということにして、人前ではずっと黙っていてもらいました。それに、食事も桃花巫姫は行の最中は粗食だと言って、笹団子を用意してもらっていました。あまり出歩けませんでしたから、少し太ったようです」

しみじみした表情で、叔蘭が言う。

「そっか。苦労かけたな。これからは、オレがやるから」

大熊猫の芳芳に桃花巫姫の役割を担《にな》わせて、自分が安閑《あんかん》としているわけにはいかない。長風旅団の仲間に入るならば、桃花巫姫であることも、その使命も受け入れていかなければならない。

世界を救うために戦うなど冗談ではないし、聞いただけで笑ってしまいそうになるが、これが今の自分のおかれた現実だった。

(やれるだけ、やるしかねえよな)

千尋の決意を感じとったのか、姜尚が真顔になった。

「桃花巫姫として、旅団にいてくれるのか」

千尋も姜尚に視線をむけた。当人には自覚はないが、その表情は以前よりも大人びて、凜《りん》とした美しさを漂わせている。

「オレはそのつもりだ。芳芳ちゃんがやってた時みたいにできるかどうかは、わかんねえけど」

誰もが、無言で千尋の宣言を聞いていた。

芳芳も後脚で立ちあがり、動きを止めて千尋をじっと見つめている。

姜尚の瞳の色が深くなる。

「桃花巫姫の役割を果たすなら、避けて通れねえことがあるぜ？　みんなに救いをもとめて、すがられる覚悟はあるか？」

「そんな覚悟、あるわけねえ」

千尋は、キッと姜尚の目を見た。

姜尚は「ほう？」と言いたげな顔になる。

「オレはまだ十五の子供で、たいした人生経験もないし、桃花巫姫の力が使えて神獣と話せるだけで、他人を救うような力なんかねえよ。でも、ここに桃花巫姫がいるってだけで、少しは元気が出る奴がいるんだろ？　だったら、オレが桃花巫姫ですって顔して歩きまわってやるよ。オレがみんなの希望なら、どんなに苦しい戦いのなかでも先に逃げたりしねえ。最後まで側にいて、あきらめるなって言ってやる。神獣がついているから、勇気をだせって。オレにできるのは、そのくらいだけど」

言いながら、もう一つ思い出した。

「あ、それから、消えちまった神獣たちをなんとかして復活させるよ。一体は……とりあえず連れて戻ったから、あとでどうにかするとして。残り四体だよな。もう〈一元宝珠《いちげんほうしゅ》〉はねえんだよな……」

考えはじめる千尋を見ながら、姜尚が微笑んだ。

「おまえは、立派に桃花巫姫だぜ」

「姜尚さん……」

照れ臭くて、どうしていいのかわからない。

姜尚もまた、湧《わ》きあがってくる感動を抑えられない様子だった。

ゆっくりと近づいてきて、両手で千尋の肩をつかむ。

「前に約束したな。いつか、おまえが桃花巫姫として生きる気になったら、俺が命を懸《か》けて護ると」

蒼い瞳は、今はただ優しかった。

「姜尚さん……」

託されたものの重さよりも、ささえてくれる腕のたしかさを感じる。

眼差しの温もりは櫂のものとは違うが、それでもこの蓬萊の男が自分を大切に想ってくれているのは間違いない。

こういう人もいるのだと、千尋は思った。

子供の頃にいじめられた経験から、自分はどうしても他人を信用しきれず、家族や櫂以外の人間と深く接することができずにきた。

そのせいで、いつも他人に対して、心のどこかで線を引いていた。

たぶん、姜尚に対しても叔蘭に対しても。

それは、傲慢《ごうまん》なことだったのだと今にして思う。

生まれてから十五年。千尋が初めて持った「仲間」が、ここにいた。

「ありがとう。あの……オレ、がんばるから」

「おお、がんばれよ、千尋」

千尋の肩をつかむ姜尚の手に力がこもる。

耀が露骨に面白くなさそうな顔になった。すっと白い手をのばして、千尋の肩から姜尚の指をひきはがす。

（あの……耀……？）

「こいつを護るのは、俺一人で充分だ」

所有権を主張するような瞳でじっと見られ、姜尚は呆《あき》れたようにため息をついた。

「あのな……おまえのちっぽけで個人的な恋愛感情と俺の崇高な使命感をごっちゃにしねえでくれねえかな、異世界からきた流れ者さんよ？」

「おまえの命なぞ懸けられたら、千尋が重くて困るだろうが」

「言ってくれるぜ。一国より千尋一人を選びやがった我《わ》が儘《まま》野郎が。どっちが重いって？」

まんざら冗談とも思えない口調で、姜尚が凄《すご》む。

耀は挑むような目つきで、姜尚を見返した。

「国よりも世界よりも、こいつを愛している。だが、負担はかけん」

（耀……そんなこと、人前で……）

千尋は、耳がカーッと熱くなるのを感じた。

恥ずかしくて、櫂の口をふさぎたい。

よくも、こんな砂糖菓子のようなセリフを真顔で言えるものだ。

親友として側にいた時には、こんな性格だとは思いもしなかった。

姜尚は呆気《あっけ》にとられたような顔で櫂を見つめ、ボリボリと顎《あご》を掻《か》いた。

「ごちそうさま」

「あてられてしまいましたねえ。ねえ、芳芳」

叔蘭がふふ……と笑って、大熊猫の耳と耳のあいだを撫でてやる。

朱善は「うちの主がすみません」と言いたげな顔で、頭を下げた。

「ところで、一つ訊《き》いておきたいんだが、千尋」

姜尚が千尋に視線をむけてくる。

「何？」

「今、うちにいる白猫は蘭州侯《らんしゅうこう》なのか？　俺が逃げる時に、くっついてきたんだが」

その場の視線が、千尋に集まる。千尋は、小さくうなずいた。

「うん。オレと一緒にむこうの世界に行って、戻ってきたんだ。……力がなくなって、ただの猫みてぇになってるけど」

「力がなくなっただと？」

姜尚は、衝撃を受けたような顔になった。叔蘭も目を見開いている。

「頭のなかに話しかけてこなくなったんだ。オレが受信できなくなっただけかもしんねえけど……」

「それは問題だな」

耀が難しい顔になって呟いた。

責任を感じて、千尋はうつむいた。何か、神獣の異変を解き明かす手がかりはないだろうか。

「そういや、蘭州の巫子って……無事でいるのか?」

もしも、いるならば、神獣のことで何か役に立つことを教えてはくれないだろうか。

「無事でいることはいますが、北のほうに逃げて、今は祠堂にはおりません。戻ってくるように使いを出しますが」

叔蘭が答える。

「そっか……。じゃあ、ほかに誰か、神獣のことがわかりそうな人って……」

「大巫子《たいふし》なら、何かご存じかもしれません」

「大巫子か……」

千尋と耀は、顔を見合わせた。

大巫子には、以前、むこうの世界に戻る方法を聞きに行ったことがある。

「そうだな。あの爺《じい》ちゃんなら、何か知ってるかもしれねえ。神獣がもとの力をとり戻す方法とか、ほかの四体の神獣を復活させる方法とか……」

そうと決まれば、一刻も早く、大巫子のところに行きたかった。

しかし、今日のところは無理だと叔蘭が言った。

外はまだ禁軍がうろうろしているので、数日、様子をみたほうがいいだろうと。

千尋はため息をついて、渋々ながら叔蘭の言葉に従った。

（ホント、蓬莱は不便だよなあ。むこうなら、問い合わせするなら、メールとか電話で一発なのに）

この不便さだけは、慣れることができない。


夜になってから、千尋たちを歓迎するささやかな宴《うたげ》が屋敷の奥で開かれた。

参加者は芳芳が千尋に化けていたことを知る数人の幹部たちと姜尚、叔蘭、睡江《すいこう》、それに櫂、千尋、朱善の三人である。

芳芳と鈴鈴《りんりん》も房の隅で、満足げに笹の枝を囓《かじ》っている。

夜遅くになって、白猫もやってきて、火桶の側で丸くなった。

白猫は、千尋や櫂が話しかけてもニャアとしか言わない。

千尋が白猫を膝に乗せると、櫂が側にきて座る。

二人はよりそったまま、言葉少なに姜尚たちの賑《にぎ》やかな宴会芸をながめていた。白猫の尻尾《しっぽ》が満足げにぱたんぱたんと動いている。

＊　＊

同じ夜、亮天の一角にたつ七宝台《しちほうだい》の上空に小さな灰色の雲が現れた。

雲はしばらく夜空にとどまった後、周囲の様子をうかがうようにゆっくりと降下してきた。

気配に気づいたのか、七宝台のなかから一体の禍斗《かと》が飛びだしてきた。

興奮気味に走りまわる禍斗の前に、雲は音もなく着地した。

乗っていたのは、小柄な老人だ。顔は梅干しのようで、葛巾《かっきん》と呼ばれる茶色い頭巾《ずきん》をかぶっている。身につけているのは、左前の短い衣と袴子《ズボン》だ。

以前、千尋と櫂に謎《なぞ》のビー玉をくれた仙客《せんきゃく》である。

「これこれ、おとなしくするある」

仙客は尻尾を振ってじゃれついてくる禍斗の頭をわしゃわしゃと撫で、雲の端をつまんで紙のように畳み、懐《ふところ》にしまった。

禍斗は何か尋ねるように、キューンと鳴く。

「わしは大丈夫ね。でも、鵬雲宮が大変なことになっているある。主上が行方不明あるよ」

言いながら、仙客は自分の顔をつるりと撫でた。皺《しわ》だらけの手の下から現れたのは、いつも笑っているような細い目と穏やかな口もとの老人の顔だ。

老人がブルブルっと身震いすると、背が少しのび、身体の輪郭が変わり、髷《まげ》も消え、禿《はげ》頭《あたま》が現れた。

そこに立っているのは七宝台の主、大巫子である。

禍斗は驚いた様子もない。大巫子が仙客としての力を使って雲に乗り、姿を変えて市中に出るのはめずらしいことではないのだ。

「さて、行こうか」

七宝台のなかに歩きだす大巫子と禍斗の後ろから、黒っぽい影が走ってくる。

「む……？」

振り返った大巫子の前で、影は四本の脚を止め、キューンと小さく鳴いた。

烏陵の禍斗、彩王である。

「なんだ、おまえは……。烏陵殿のところの禍斗ではないか。何かあったか？」

口調もさっきまでとは違っている。

彩王はピスピスと鼻を鳴らしながら、大巫子に近づいてくる。

大巫子は膝をつき、彩王の目をのぞきこんだ。

＊　　　＊

どこかで、笛の音が聞こえていた。

「すげえ楽しかった……」

ささやかな宴会の名残を引きずって、千尋は笑顔で天蓋《てんがい》つきの寝台に倒れこんだ。

この先のことや神獣のことなど、不安材料はいくらでもあるが、今夜のところはみな、すべて棚上げしてある。

「服くらい着替えろ」

夜着を千尋の上に放り、隣に櫂も寝転がる。褥《しとね》の上に、長い黒髪が広がった。

「櫂ー」

千尋は櫂にじゃれつき、肩に腕をまわした。

この房に寝台は一つしかない。

最初、叔蘭に二階のこの房に案内された時には戸惑った。

（なんで、当たり前みてぇにベッドが一つなわけ？）

そんな疑問を持つのは、千尋くらいのものなのだが。

叔蘭は姜尚とともに三ヵ月前の白瑞殿での騒ぎの時、桃花巫姫が蓬莱王に口づけし、「結婚してください、主上」と言ったのを目撃している。

その後、蓬莱王が桃花巫姫を抱きしめ、情熱的なキスを返したのも。

二人が恋人同士だということはあきらかなのに、今さら寝室を別に用意するほど、叔蘭は野暮な男ではなかった。

櫂のほうも、叔蘭の気づかいを当たり前のことと捉《とら》えた。

千尋だけはまだ、公認のカップルあつかいされることに慣れていなかった。

それでも、櫂と二人きりになると、うれしさがこみあげてきた。

ようやく、櫂と再会できたのだという実感が湧いてくる。

(ここにいるんだ。夢じゃねえんだ)

ギュー ッと抱きつくと、櫂もクスクス笑いながら、千尋の背に腕をまわしてくる。

「どうした?　甘えん坊だな」

「だって、ようやく二人きりになれたしさ」

「可愛がってほしいわけか?」

耳もとで艶《なま》めかしい重低音の声でささやかれ、千尋は耳まで真っ赤になった。

親友のことはなんでも知っているつもりだったが、こういう一面は知らなかった。

(なんで、こういうセクシーボイスでエロいこと言うわけ?)

「千尋？」

誘うように、袍の上から背骨のラインをなぞられる。

「や……っ……ちょっと……！　違うって。オレはそういう意味で言ったんじゃなくて」

ぐいぐいと櫂の胸を押しやり、抵抗する。

櫂は、楽しげな目になった。

「騒ぐと下に聞こえるぞ」

（嘘……）

まさか、こんなところでそんな真似はするまいと思うのに、櫂の下に抱きこまれ、耳朶《みみたぶ》を甘噛みされて、頬が熱くなった。

「ダメ……櫂……」

櫂の重みがのしかかってきて、悪戯な指が胸もとをいじりはじめる。

（や……っ……）

どうしていいのかわからず、身をよじると、櫂のからかうような瞳と目があった。

「おまえは本当に可愛いな」

「……そういうこと、言うな」

「自分がどんな顔をしているか、わからないだろう？　鏡で見せてやれないのが残念だ」

くすくす笑いながら、櫂が千尋の袍の帯をゆるめ、胸もとに顔をつっこんでくる。

「ちょっと……！　やめろ、櫂……！」

小さな突起を舌先で舐《な》められ、千尋は息を呑んだ。

櫂は執拗《しつよう》にそこを嬲《なぶ》り、歯を立てる。

「い……っ……やぁ……っ」

びくんと背が震え、声が漏れる。

戸惑う気持ちと裏腹に、身体はもう痛いくらい正直に櫂の愛撫に反応している。

「ぜんぶ脱がせると寒いか？」

艶めかしい声で尋ねられて、千尋は首を横に振った。

櫂に触れられたところが火照って、暑いくらいだ。

櫂は微笑み、するりと千尋の帯を引きぬいた。

（あ……）

恋人の指が千尋の肌をなぞり、内股《うちもも》に滑りこんでくる。

「ん……っ……」

思わず、ひくっと震えた身体をなだめるように、櫂が千尋の首筋に口づけを落とす。

耳の下から顎の輪郭をなぞり、唇すれすれのところまで、ついばむようにキスされて、くすぐったさに千尋は身をよじった。

「綺麗だ……」

耳もとでささやかれ、羞恥《しゅうち》に首を横に振る。

とろけそうに熱くなった部分をこすりあげられると、もう何もかもどうでもよくなってくる。

ただ、耀が欲しかった。

＊

＊

夜明けの淡い光が、寝乱れた寝台を照らしだす。

気怠《けだる》い身体をよせあった恋人たちは、うとうととしていた。

二人の足は毛布の下で、まだからみあっている。

耀が満足げにため息をつき、千尋の裸の背に腕をまわす。

その唇が千尋の頰に軽く触れ、悪戯のように耳朶をつつきはじめる。

「や……耀……」

軽く触れられただけで、耳から首筋にかけて甘い電流が走る。

くたくたになるまで愛された身体は、耀のちょっとした愛撫にも反応せずにはいられない。

とはいえ、二晩つづけて徹夜に近かっただけに、今は快楽よりも睡眠のほうがありがた

かった。

悪戯な指が千尋の胸をなぞり、軽く爪を立てる。

「まだするのか?」

半分だけ目をあけ、抗議するように見上げると、櫂が可愛くてたまらないと言いたげな瞳になった。

「いや……もう寝ていいぞ」

そっと髪を撫でられて、「だったら、悪戯すんな」と千尋は口を尖《とが》らせた。

「こんなことしてる場合か? 今日こそ、大巫子のとこに行くんだろ。行けたらだけど」

傍らに横たわる櫂は、神妙な顔をする。

「わかっている。こういう状況だし、翌日には何が起きるかわからない世界だ。だから、おまえを抱いておきたかった」

櫂の言葉に、千尋は胸を突かれた気がした。

まさか、恋人がそこまで覚悟していたとは思わなかったのだ。

自分はまだまだ、現代日本のぬるま湯のような感覚からぬけきることができない。

「櫂……」

「この三ヵ月、俺は香貴妃に術か何かをかけられて、記憶をいじられていたようだ。同じことは二度とないとは思うが、術が完全に消えたかどうかはわからん」

操られていたあいだのことを思い出したのか、燿は少し暗い瞳になった。

嫌な思い出でもあるのかもしれない。

「術……まだ残ってるのかな」

千尋は燿の裸の左肩にそっと指を滑らせた。そこには、遠い昔、佩剣で切りつけられた傷痕《きずあと》が残っている。

傷痕をなぞると、燿はくすぐったげな顔になって、千尋の手を押さえた。

その手をつかんで、手のひらに口づける。

「十中八、九は消えたと思うがな。残っているぶんも、おまえの霊気を浴びていれば、そのうち浄化されるとは思うんだが」

「なら、いいけど……。それにしても、香貴妃もひどい真似するな。あいつ、おまえのこと、好きだったんだろ？」

好きな相手の記憶を縛り、思いどおりに支配したがる女の気持ちは、千尋には理解できない。

（そうだ。結婚とか……燿の意思なのかな。違うとは思うけど……。それに、子供できたんだよな……。どうしよう。本当におまえの子かなんて、訊けねえ）

重苦しい気分になって、千尋は目を伏せた。

燿がため息をついて、恋人の手を離した。

「香貴妃が俺のことを好きかどうかは、俺にはわからん。側にいて心安らぐ時はなかったし、愛情らしいものを示してもらった記憶もない。俺の好みじゃなかったからという理由もあるかもしれないが、あの女は心のなかに扉が多すぎた」

「扉？」

「たくさんのものを隠していた。過去も自分の感情も……本心も。今となっては哀れな女だとは思うが、恋愛感情は持てそうにない」

　燿のなかに香貴妃への特別な感情は、まったくないようだった。それにホッとして、千尋は軽い自己嫌悪を覚えた。

（オレ……やな奴だ）

「大丈夫だ。おまえのことは、なんとしてでも護る。香貴妃からも」

　想いをこめた瞳で、燿が千尋をじっと見つめてくる。

　千尋は手をのばし、燿の長い黒髪をつかんだ。ひんやりと冷たい髪は絹糸のようだ。指のあいだからこぼれていく感触は、官能的とさえ言える。

「絶対に死ぬなよ、燿。オレも死なねえから」

「ああ、約束する」

　髪に触れる千尋の指をつかみ、自分の唇に誘導しながら、燿が真摯《しんし》な瞳で呟いた。

「ずっと一緒だぞ、燿。何があっても。どこにいても」

千尋の言葉に、櫂は少しためらってから尋ねてきた。

「おまえは、蓬萊に残る気はあるのか？」

（ああ、やっぱり……）

櫂がそう言うような気がしていた。

三ヵ月前——千尋にとっては一週間前だが、櫂は「一緒に帰ろう」と言った千尋に対して一度は「戻れない」と答えたのだ。

王として、間違った方向に導いてきてしまった蓬萊を混乱のなかに残し、自分だけがむこうの世界に戻ることはできなかったのだろう。

そして、今も櫂はこの蓬萊の惨状を見捨てることはできずにいる。

陰の気が荒れ狂う蓬萊は、半年やそこらでどうにかなるような状態ではない。千尋にも、そんなことはよくわかっていた。

五年、十年、あるいはもっと時間がかかるかもしれない。

その間、櫂がこの国にとどまるならば、千尋の答えも決まっていた。

「うん。むこうには帰らない。櫂と一緒に、ここで生きるよ」

思いがけず、離れ離れになったことで、千尋は恋人のいる世界が自分のいる世界なのだと痛いほどに感じていた。

櫂がいなければ、現代日本に戻ってもなんの意味もないのだと。

この黒髪の青年の腕のなかに幸福と未来がある。

（ぜんぶ片づけて、蓬莱が平和になってから一緒に帰れるのがベストだけど……）

そこまで望んでは贅沢《ぜいたく》というものだろう。

千尋の答えに、櫂は深い眼差しになった。

「帰らない……か。おまえがそう言ってくれるとは思わなかった。正直、うれしい驚きだ」

「オレは櫂がいれば、それでいいんだ。どっちの世界にいても。……櫂さえいれば、がんばれる」

「そうか」

ささやくような声は、切なくなるほど優しい。

千尋は、櫂に身をすりよせた。

そっと髪を撫でられ、心地よさに目を細める。

（櫂……）

「一つ確認しておきたい」

耳もとで、櫂の声がささやきかけてくる。

「ん？　何？」

見上げると、真摯な瞳がこちらを見下ろしてきた。

「この先は、烏陵や香貴妃と戦わずにすませるわけにはいかない。おまえが戦いを嫌がっているのはわかっているが、どうしても血は流れる。それでもいいか？　それでも、ついてきてくれるか？」

燿は、もう覚悟を決めているのだろう。

たとえ、自分がついていかないと言っても、それで戦いをやめはしない。

今は、それだけが蓬莱を陰の気から救う唯一の手段だ。

「いいよ。オレも戦う」

千尋は迷いのない目で燿を見上げ、うなずいた。

燿の眼差しが少し悲しげになる。

「血が流れてもか？」

「血が流れてもだ。……桃花巫姫として、燿の側で戦う」

どちらからともなく、唇がそっと触れあう。

燿はしばらく、千尋の顔をじっと見つめていた。その漆黒の瞳に、誇らしげな笑みが浮かびあがってくる。

「やっぱり、おまえの側にいるとしっくりくるな」

「オレもだよ」

千尋も微笑んだ。

「今日こそ、大巫子のところに行けるといいな」

やわらかな口調で言いながら、耀が千尋の背を抱きよせる。

一つ大欠伸《おおあくび》をして、千尋は耀の胸に顔を押しつけた。すぐに安らかな眠りが訪れる。

第四章　最後の襲撃

夜明けの光が射《さ》しこんでくる頃、李姜尚《りきょうしょう》は角灯の炎を吹き消し、房《へや》のなかをながめまわした。

宴《うたげ》の途中で寝入ってしまった幹部たちが四人、火桶《ひおけ》のまわりに転がっている。

壁際では、睡江《すいこう》が芳芳《ほうほう》の腹を枕《まくら》にして眠っていた。

千尋《ちひろ》と櫂《かい》はもう寝室に引き取った後だ。

穏やかな寝息といびきが聞こえてくる。

こんな光景を見るのは久しぶりだ。臥牛《がぎゅう》以来といっていいかもしれない。

みな、本物の桃花巫姫《とうかふき》が来てくれたことで安心したのだろう。

仲間たちと弟に毛布や上着をかけてやり、姜尚は房を出た。

房の外は外套《がいとう》が欲しくなるほど、冷えきっている。

（このぶんだと雪だな）

持ちだしてきた酒壺《さけつぼ》から直接、火のような酒を飲みながら、姜尚は長い廊下を歩き、庭に面した回廊に出た。

ほの白い夜明けの光の下に、銀髪の巫子《ふし》が立ち、祈るように空を見上げている。

「叔蘭《しゅくらん》……」

姜尚の声に叔蘭がこちらを見た。穏やかな瞳《ひとみ》だった。

「まだ飲んでるんですか、姜尚さま？　お身体《からだ》に障りますよ」

「おまえこそ、こんなところにいたら風邪をひくぞ」

叔蘭も仲間たちと飲み明かし、一睡もしていないが、そんな様子は外見からはまったくわからない。虫も殺さぬ顔をして、意外に酒豪なのだ。

姜尚は叔蘭の隣に立ち、「やるか？」と酒壺を差し出した。

叔蘭は、うれしそうに酒壺を受け取る。

そんな叔蘭をながめながら、姜尚はぽつりと呟《つぶや》いた。

「いよいよ、香貴妃《こうきひ》を相手に戦うことになるな」

「覚悟はしました」

淡々とした声がかえってくる。

叔蘭もまた、三ヵ月前の騒ぎの時、帰還の扉に入ろうとする王を邪魔した香貴妃の姿を目撃している。

最初はすさまじい形相の女だと思っただけで、まさかあれが呂紅蘭《りょこうらん》だとは思いもしなかった。

しかし、千尋と神獣が光の扉のむこうに消えた後、あらためて香貴妃を見、姜尚と同じことを感じたのだ。

似ていると。

姜尚が鵬雲宮《ほううんきゅう》を脱出してきてから、二人はそのことを何度も話しあってきた。

そして、昨夜、千尋と櫂の口から香貴妃が王の心を手に入れ、国母となろうとしたということを聞かされた。

今、国をほしいままにしている女が呂紅蘭だとは、まだ二人とも信じたくない気持ちでいっぱいだった。

それでも、叔蘭は覚悟を決めたと言う。

「紅蘭姫には、太陰帝《たいいんてい》とやらが憑《つ》いているらしいな。すべて、あいつの意思でやったことじゃねえとは思うが。……それでも倒すか」

「紅蘭姫にどのような事情があろうとも、我々は止めるしかないでしょう。止められなければ、この命と引き替えにしてでも」

火酒を喉《のど》に流しこもうとする叔蘭の手首を、姜尚がつかんだ。

巫子と長風旅団《ちょうふうりょだん》の頭目《とうもく》は、互いの瞳を見つめあう。

「おまえが死ぬことはない。紅蘭姫は、俺の元許嫁《いいなずけ》だ。あいつを殺さなければならないのなら、俺がやる」

「そして、姜尚さまも死ぬつもりですね。……私はそれは嫌です」

叔蘭が身をひねった拍子に酒壺が地面に落ち、鋭い音をたてて割れる。

しかし、どちらも互いの目をのぞきこんだまま、割れた酒壺を見ることさえしない。

「姜尚さまが死ぬなら、私も死にます」

「バカを言うな、叔蘭。おまえには巫子として、民を導く務めがあるはずだ」

射貫《いぬ》くような鋭い姜尚の眼差《まなざ》しに、叔蘭はふっと目を伏せた。

「この国には民と一人の少年への愛を天秤《てんびん》にかけ、あっさりと玉座を捨てる王がいるではないですか。私がその真似をしたところで、責められる謂《いわ》れはないでしょう」

「おまえは王じゃない。あんなバカは一人で充分だ」

「しかし、姜尚さま……！」

「悪《あ》しき先例に倣《なら》ってどうする。少し頭を冷やせ」

姜尚は叔蘭の頬《ほお》を軽く二、三度叩《たた》き、その目をじっとのぞきこんだ。

叱責《しっせき》されたと感じたのか、叔蘭は怯《ひる》んだようだった。

それを見届け、姜尚は壊れた酒壺の側《そば》にしゃがみこみ、かけらを拾い集めはじめる。

「もったいねえことしちまった。いい酒だったのになあ」

「怪我《けが》をしますよ、姜尚さま」

もう何事もなかったように穏やかな声で、巫子が言う。

「ん？　けっこううまいぜ」

指についた酒を舐《な》め、姜尚はニヤリとしてみせる。

「もう、お酒はいいでしょう。戻って、暖かくしてお休みください。こんなことで風邪をひいても、看病してさしあげませんよ」

ふわりと白い手が、姜尚の髪に触れる。

叔蘭はそのまま、建物のなかに入っていった。

見送って、姜尚はため息をついた。

（死ぬなと言われてもな……）

一介の人間でしかない自分が陰の気に憑かれた紅蘭姫を止めるとしたら、刺し違える覚悟がいるだろう。

寒い回廊に立ったまま、ぼんやりと考えていると、背後でかすかな気配が動いた。

「まだいるのか、叔蘭……？」

振り返った姜尚の目が、わずかに見開かれた。

いつの間にか、長い黒髪の青年が無表情に立っている。

（まいったな。聞かれたのか？　それとも、今、来たばかりか？）

「悪しき先例で悪かったな」

憮然《ぶぜん》とした表情で、櫂はボソリと言う。ずいぶん前から聞かれていたらしい。

「返答に困ることを言わないでくれ。……千尋はどうした？」

「寝ている」

「おまえは眠れねえのか？」

「千尋の寝顔が可愛すぎてな」

のろければ、姜尚が黙ると計算しているのか、それとも本気で言っているのか。

姜尚は酒壺の破片を隅にまとめて置き、ゆっくりと櫂に近づいていった。面倒なことにならないうちに、釘《くぎ》を刺しておかなければなるまい。

「言っておくが、人前で千尋にベタベタするんじゃねえぞ。おまえにとって、あいつは恋人かもしれねえが、みなにとって千尋は桃花巫姫だ。忘れるな」

ドスのきいた声で言うと、櫂はそんなことは百も承知だというふうに肩をすくめてみせた。

「気をつけよう」

櫂は説教されるなら帰るぞと言いたげな顔で踵《きびす》をかえし、歩きだそうとする。姜尚は、慌ててその腕をつかんで引き留めた。まだ話は終わっていない。

櫂は横目でチラリと姜尚を見、「なんだ？」と尋ねてくる。

姜尚は一瞬、口ごもった。あらためて口にするとなると、言いづらい。

「その……香貴妃のことだが、子ができたのは本当か？」

そんなことを訊《き》かれるとは予想していなかったのか、權は眉根《まゆね》をよせた。

「たぶんな。だが、腹の子の父親が誰であれ、俺でないのはたしかだ。千尋が蓬萊《ほうらい》に来る数年前から、香玉蘭《ぎょくらん》には指一本触れていない」

わざわざ、姜尚に言うつもりはなかったが、權は王であった時、極力、子は作らないように気をつけていた。

自分と同じ想いをする子供を産み出したくなかったのだ。

それが王として許されないことだというのも、わかっていたが。

「本当か？　間違いねえか？」

「間違いない。……あれがおまえの元許嫁だというのなら、すまなかった」

目を伏せ、謝罪する權の襟首をつかみ、姜尚は薄く笑った。

「俺は許す気はねえぜ」

「そうだろうな」

これが、王が姜尚で、香貴妃の立場にいるのが千尋だったら、權の理性はたやすく沸騰《ふっとう》していただろう。姜尚のように、元婚約者を抱いた男を長風旅団に受け入れることなど決してできない。

そういう意味では、姜尚のほうが人間として度量が広いのは間違いなかった。

「安心しろ。公私の区別はつけてやるぜ。長風旅団の頭《かしら》として、おまえを受け入れた以上は仲間として遇《ぐう》する。おまえがやばくなった時には、駆けつけて護《まも》ろう。他の連中と差はつけねえ」

押し殺した声で、姜尚が言う。

護るというのは本気で言っているのだが、目つきも態度もとてもそうはとれない。

「他人を締めあげながら言う言葉ではないと思うが。そういうところが、いかにもおまえらしいな」

軽く腕をあげ、姜尚の手を離させ、櫂は真面目な顔で尋ねた。

「で、私人に戻ったら、俺をどうするつもりだ?」

「二、三発殴らせろ」

「いいだろう」

あっさりと、櫂は答える。

「その綺麗《きれい》な面《つら》だぞ、殴るのは」

「べつにかまわんが」

どうやら、殴られた顔を千尋に見られても気にならないらしい。

(嫌がらせのしがいのない奴だ)

姜尚は「もう用はすんだ」と肩をすくめて櫂から離れ、踵《きびす》をかえした。

その背後で、穏やかな櫂の声がする。

「俺は、おまえのような男は嫌いじゃない」

肩越しに振り返ると、黒髪の青年はまっすぐ姜尚を見、微笑《ほほえ》んでいる。

「気持ちの悪いことを言うな」

顔をしかめて答え、姜尚は少しふらつく足どりで建物のなかに入った。

だが、「気持ちが悪い」と言いながら、実際はそんなに悪い気はしていなかった。

もともと、櫂の有能で生意気なところは気に入っている。

王だという問題さえなければ、弟分として可愛がってやってもよかったのだ。

櫂がそういう待遇を気に入るかどうかは、また別問題だが。

＊　　＊

鵬雲宮を脱出して二日後の深夜、千尋と櫂は七宝台《しちほうだい》を訪れた。櫂は、以前と同じように茶色い革の仮面をつけている。

千尋も七宝台に入るまでは、頭から披帛《かたかけ》をかぶって顔を隠していた。

大巫子《たいふし》は、二人の訪問を待っていたようだった。

「よう来られた。外は寒かったろう」

笑顔で、老人は二人の前に湯気の立つ茶碗《ちゃわん》を二つ出してくる。

大巫子の房には暖炉があり、室内は暖《か》かかった。

暖炉の前にうずくまっていた二匹の禍斗《かと》が起きあがり、尻尾《しっぽ》を振りながら、こちらに近づいてくる。

（あれ？　二匹？）

片方の禍斗は大巫子のところで見かけたものだが、もう一匹の大きなほうは烏陵《うりょう》のところにいた禍斗ではないだろうか。

「彩王《さいおう》？」

櫂もまた、大きな禍斗を見、少し驚いたような目になって呟いた。

彩王と呼ばれた禍斗は、キューンと鼻を鳴らした。

「やっぱり、彩王なのか？　なんで、ここに？」

千尋の問いに、大巫子は静かな声で答える。

「助けをもとめてきたのだよ」

「助け……ですか？」

「さよう。烏陵殿もまた、鵬雲宮の陰の気に呑《の》まれたようだ」

大巫子の言葉に、櫂はハッとしたような表情になった。

「丞相《じょうしょう》が？」

「うむ。もはや、宮中は香貴妃殿の思うがままだ。このままでは、この国は滅ぶだろう」

沈痛な面持ちで、大巫子は答えた。

「そうはさせない」

厳しい口調で、櫂が呟く。

大巫子は櫂を見、ふっと笑ったようだった。

「鵬雲宮では主上の『影武者』が逃げだしたとかで、大騒ぎだ。本物の主上は、また病の床につかれてしまったそうだ」

千尋と櫂は、目と目を見交わした。

(本物の王を出せねえから、そういう言い訳をしてるんだ。でも、櫂のこと、影武者ってことにしちまうつもりか)

大巫子は味方のようだが、どこまで事情を打ち明けていいのかわからない。

「つまり、今、鵬雲宮からくる指令はすべて香貴妃が出しているということか？　王とは関わりがなく」

静かな声で、櫂が尋ねる。

「そう思って間違いなかろう。表むきは、指令は烏陵殿の口から出ているが、もはや当人には物事を判断する力は残されておるまい。事態は一刻を争う。冬は、もっとも陰の気が強まる季節だ。香貴妃を倒さねば、蓬莱に再び春がくることはないかもしれぬ。神獣さまさえ、五体そろっておいでになれば……」

大巫子は、重苦しいため息をもらした。

「あの……蘭州《らんしゅう》の神獣は連れて戻ったんですけど……」

千尋は、白猫のことを大巫子に話した。

大巫子は少なくとも一体の神獣が無事に戻ったことは、我が事のように喜んでくれた。

しかし、神獣が白猫の姿のまま、本来の力を失ってしまったように見えることを聞かされると、深刻な顔になった。

暖炉の炎の前で、千尋と大巫子は見つめあった。

「荊州《けいしゅう》の神獣は、〈一元宝珠《いちげんほうしゅ》〉で甦《よみがえ》りました。ほかに、〈一元宝珠〉みたいに瑞香《ずいこう》を集めて作った宝物《たからもの》はないんでしょうか？」

大巫子は、困ったように首を横にふる。

「〈一元宝珠〉のような宝物《ほうもつ》が、二つも三つもあると思われては困る」

「そうですか……。そうですよね」

今さらながらのように、無茶なことを言ったと思った。

「でも、たしか〈一元宝珠〉って千個の瑞香の花を集めて作ったんですよね。オレも桃花巫姫なんだから、瑞香の花を千個集めたら、同じものは作れませんか？　それって、無理ですか？」

「現実問題として、冬の最中に花は咲かぬ。千個もどうやって集めるつもりだ？」

「鵬雲宮の温室には、花が咲いてましたけど……」

「温室だけでは、足りぬ。それに、仮に広さが充分だとしても、この陰の気のなかでは瑞香は咲かぬ」

苦々しげな口調で、大巫子が言った。

その時、彩王が積み重ねられた竹簡《ちくかん》に駆けより、少し探してから、一冊の書物をくわえて戻ってきた。表紙はボロボロで、題字はほとんど読みとれない。

（え？）

「なんだ、彩王？」

大巫子が屈《かが》みこみ、書物を受け取る。

彩王はもどかしげに房の真ん中に駆けだしていって、「びょうびょう」と吠《ほ》えた。

その身体がパーッと白く光り、人間の姿になる。

人の姿になった彩王はバタバタと駆け戻ってきて、慌ただしく書物をめくりはじめた。

「前に見たことがあります。冬に咲く端香の種の話がたしか、このへんに」

ようやく、もとめる頁《ページ》が見つかったのか、彩王は大巫子に書物を差し出した。

「冬に咲く端香の種だと？」

櫂も興味深そうに身を乗り出した。

（ひょっとして、神獣復活の手がかりか？）

「これは貴重なものだ。竹簡からの写本で、初代の桃花巫姫の事績を記録してある」

大巫子は椅子を引きよせ、座って彩王の示した頁を読みはじめた。

千尋と櫂は、彩王と一緒に大巫子が読み終わるのを待っている。

やがて、大巫子が興奮した様子になって顔をあげた。

「でかしたぞ、彩王。初代が異世界に帰還した直後の蘭州巫子の記録だ。『いつか、この世から、すべての光が消える時がくる。その時のために、瑞香の種を保管させた』と書かれている。この種はいかなる陰の気のなかでも花を咲かせ、真冬の寒さに耐えて地を覆うそうだ」

これで、蓬莱の滅亡を止めることができるかもしれない。

ホッとして、千尋は読めない文字の書かれた書物をのぞきこんだ。

「その種、どこにあるんですか？」

「玉爾《ぎょくじ》のなかだ」

大巫子は静かに言う。

櫂が、まじまじと大巫子を見た。

「玉爾だと？」

（ぎょくじ？）

「なんですか、それ？」

千尋には、なんのことかわからない。耀がボソリと説明してくれる。

「王の判子《はんこ》だ」

「え？　判子？」

千尋の脳裏に、白猫が首から下げていた判子が浮かんだ。

（まさかな……）

「そうだ。金でできていて、大きさはこのくらい……。王の権力の象徴として、即位の時に受け継ぐんだ。太子が新たな王になった時点で、彫られた文字は新王の名に変わる。丞相や役所の長官を任命したり、やめさせたり、勅令を出す時にも玉爾が必要になる。つまり、玉爾がなければ、国は動かない」

（うわあ……九〇%くらい確定だよ。金だし）

耀が示してくれた大きさもぴったりだ。

言おうかどうしようかと逡巡《しゅんじゅん》していると、耀が大巫子を見、低く尋ねた。

「瑞香の種が玉爾のなかにあるというのは、本当なのか？　普通、判子には種を入れるような場所などないはずだが」

「精巧な細工がしてあって、なかが空になっているそうだ。おそらく、振った時に種がカラカラ鳴らぬように細工はしてあるだろうが」

「それは、たしかな情報だな?」

「写本に写し違いが生じていなければ、間違いない。……玉爾は、主上がお持ちだろうか」

まっすぐ櫂を見て、大巫子が尋ねてくる。

(やべ……。バレてる?)

千尋はドキリとして、横目で櫂を見た。

たぶん、大巫子は鵬雲宮で蓬莱王としての櫂にも会っているはずだ。

隠してみたところで、とっくに正体はわかっているのかもしれない。

櫂は仮面の下から大巫子を見返し、肩をすくめた。

「俺は持っていない」

どうやら、隠す必要なしと判断したようだ。

大巫子は、かすかに微笑んだ。自分にむけてくれた王の信頼をありがたいと思ったのかもしれない。

「では、玉爾はまだ鵬雲宮に?」

「いや。安全な場所に移動させた。おそらく、俺と千尋以外の人間には玉爾がある場所さえ視《み》えないだろう」

「それはよろしゅうございました」

「ああ、普通にしゃべってくれ。俺は、尾崎《おざき》櫂。異世界からやってきた、一介の放浪者にすぎない」

　櫂の言葉に、大巫子は微笑んだ。

「では、そのようにしよう。種さえ手に入れば、瑞香を咲かせ、その力で四体の神獣たちを復活させることができるかもしれぬ。だが、急がねばならぬぞ。香貴妃は、逃げた王の『影武者』と寵童を必死に捜させておる。あの女は鵬雲宮を制圧したと思っておるが、自分自身も闇《やみ》に呑まれかけておることには気づいておらぬ。このままでは、瑞香をもってしても浄化できぬ強大な闇が鵬雲宮から溢《あふ》れだすことになろう」

「わかった。帰り次第、玉爾のなかを調べてみよう」

　櫂が千尋を見、「行こう」というように小さくうなずいてみせる。

　千尋は老人にむかって、ぺこりと頭を下げた。

「ありがとうございました、大巫子さん。あの……彩王をよろしくお願いします」

「うむ。彩王は責任を持って面倒をみよう。……私にできることはかぎられているが、最大限、御辺《ごへん》たちに協力するつもりだ。本来、私は人の世への介入は禁じられておるのだが」

　言葉の後半は、呟くような口調になった。

（ん？　なんか、よくわかんねえこと言った……）

気のせいだったろうか。

首をかしげていると、櫂が先に立って歩きだした。

慌てて、千尋も大巫子に挨拶《あいさつ》し、櫂の後を追いかける。

後ろから、「気をつけて行かれよ」という穏やかな大巫子の声がした。

＊　＊

千尋と櫂が大巫子の前を辞した後、七宝台の上から一羽の鳥が飛び立った。

長い尾を持つ白黒の鳥だ。頭が黒く、腹は白、嘴《くちばし》は橙《だいだいいろ》色である。鵲《かささぎ》の仲間で、山鵲《さんじゃく》と呼ばれている。

山鵲は夜のなかで目を光らせたまま、まっすぐ鵬雲宮にむかって飛んでいく。

けれども、大巫子も千尋たちも山鵲が飛び去ったことには気づかなかった。

＊　＊

同じ夜、後宮の窓辺にぼんやりと香貴妃がたたずんでいた。

五層の高楼の最上階である。

眼下に見える後宮と王の執務室のある仙宮殿《せんきゅうでん》は、陰の気のなかで暗く沈んで視えた。ところどころに、血の色をした灯火が鬼火のように点《とも》っている。

仙宮殿のさらにむこう、大きな門のむこうに立ち並ぶ官吏たちの役所の瓦屋根《かわらやね》には朧《おぼろ》に光る獣がとりついていた。

まともな人間はほとんど逃げだしてしまい、残っているのは陰の気に憑かれた者とごく一部の気丈な人間だけである。

鵬雲宮の外でも、陰の気はいっそう強まっている。

大貴族や高位の官吏たちは、もう鵬雲宮には出仕してこない。みな、怯《おび》えて亮天《りょうてん》の高台にある屋敷にこもり、本来ならば王を護るべき兵に自分たちを護らせているのだ。

兵たちも、庶民の生活の場である下町には足を踏み入れなくなった。

危険で、とても近づけないのだ。

荒れ果てた街で、自警団のような役割を果たしているのが長風旅団なのだという。

――紅蘭姫！

耳の奥に李姜尚の声が甦ってきて、香貴妃は顔をしかめた。

己の野望を邪魔しようとしている長風旅団と桃花巫姫。そこに集結しつつある蓬莱の人々。

（いっそ、みな滅ぼしてやろうかえ）

蘭州を護る州師《しゅうし》——蘭州軍は玉爾がなければ動かせないが、禁軍は将軍が陰の気に憑かれたため、香貴妃の命令にも従う。

前もって陰の気を吹きこみ、正気を失わせた禁軍の兵を亮天に放てば、あっという間に死骸《しがい》の山を築くことができるだろう。

大量に血が流れれば、そこに地狼《ちろう》が吸いよせられてくる。

あとは、陰の気がすべてを片づけてくれるだろう。

——本当に、俺のことは覚えてねえのか？　知らないふりをしてるんじゃないのか、紅蘭？

蒼《あお》い瞳でじっと見、そう言った青年を思い出す。

十年前と変わらず、蒼い瞳だった。

その昔、梧州端城《ごしゅうたんじょう》の石畳を一緒に駆けた少年がいた。幼なじみで、一つ年下で、重臣の息子。街の娘たちがみな心をときめかせた、強い眼差しの若い貴公子。

誰よりも悪戯《いたずら》好きで、やんちゃ坊主だったくせに、いつの間にか背がのびて、大人びた顔を見せるようになった。

——好きな人はいないの、姜尚？

尋ねた少女にむかって、蒼い瞳の少年は怒ったような表情で答えた。

——おまえがそれを訊くのか、紅蘭。

たぶん、それが少女の初恋だったのだ。

「なぜ……このようなものを思い出すのじゃ。今さら、なぜこのようなものを」

香貴妃は左手で顔を覆い、丹塗《にぬ》りの柱にもたれかかった。

何もかもが遠く、とりかえしがつかない。

「あの名で妾《わらわ》を呼んだから、思い出してしまったではないか。忌々《いまいま》しい……！　反乱軍の首魁《しゅかい》ごときが」

ずっと記憶の底に押し込めてきた。

過ぎた日々を思い起こしても、幸せにはなれない。むしろ、失ってしまったものが刺《とげ》となって心に刺さる。

だから、過ぎ去ったものは悪いものだ。価値がないものだと自分に言い聞かせ、前をむいて戦ってきたつもりだった。

望むものを手に入れるまで、いくら汚れてもかまわないと思っていた。

それなのに、突如《とつじょ》として自分が汚濁のなかに立っていることを思い知らされた。

あの蒼い目が悪い。

(妾は望んで、この地位を手に入れたのじゃ。間もなく、この子が生まれれば、妾は国母じゃ。蓬莱の后妃《こうひ》じゃ。その時こそ、滅びた呂家の血が勝利をおさめる時ぞ)

そうして、ようやく自分はあの光景を忘れることができる。

風のなかでカラカラと鳴っていた黒焦げの骨と、木に吊《つ》るされた母の死骸。

熱い灰のなか、足の下で砕けた誰かの骨。桃色の肉とはがれ落ちた人間の皮。

鼻にこびりついた、あの臭いを。

(妾が憎むのは当然じゃ。それだけのことをされたのだ。復讐《ふくしゅう》を果たして何が悪い)

ひどい目にあわされて。

踏みつけにされて、悔しくて、自分を踏んだ足が焼《や》け爛《ただ》れるように祈った。

(誰も妾を助けてくれなかった。だから、妾は自分で自分を救おうとしたのじゃ。己を哀れみ、泣いて誰かのせいにするのではなく、この手で欲しいものをつかむために耐えて耐えて……この国の王を手に入れた)

それなのに、どうして王はここにいないのだろう。

王は逃げだした。

自分を捨てて、あの異世界からきた少年と一緒に。

何もかもあともう少しのはずだったのに、どうして、こんなことになってしまったのだろう。

無実の罪を着せられて滅ぼされた呂家と、無惨に殺された両親。わずか十三で妓楼《ぎろう》に売られた自分。

二度と同じ想いをしたくなかっただけなのだ。

復讐を果たし、幸福を手にしたかっただけなのに。

気がつけば、自分はかつての幽王《ゆうおう》と同じく、民を虐《しいた》げ、罪もない人々を滅ぼそうとしている。

自分の呼んだ陰の気のなかで、飢えた娘たちは妓楼に売られていく。

そして、虐げる側にまわった自分の側《そば》に王はいない。

今、鵬雲宮で幽王の役割を果たしているのは、なんということだろう。自分である。

(こんな……はずでは……)

誰かにはめられたのだと、心のどこかで呟く声がある。

けれども、香貴妃はそれを聞くまいとした。

認めてしまえば、今まで払った犠牲が無になってしまう。

望んで妓楼の花となったわけではない。

後宮に入ってからも、他人には言えない苦労の連続だった。

それがすべて、無意味なことだったと認めるのはあまりにもつらい。

自分は、闇にむかって堕《お》ちていく。くだらない復讐心と野望のために。

それでも、汚濁のなかで愛する男を見いだし、その腕に抱かれた。

その一瞬のために、今も生きているのだ。

再び、愛《いと》しい人を取り戻し、ともに暗黒の世を支配するために。

（今はそのことだけ考えよう……。妾はあのかたの御子《おこ》を産む。小松《こまつ》千尋を殺せば、あのかたは戻ってきてくださる）

いや——本当は、月季《げっき》は戻ってこない。

わかっていた。

わかっていればこそ、香貴妃は自分の真の心とむきあうのを避けていた。

己を深く見つめなおせば、誰かに今の行動を止めてもらいたいと思っていることまで、気づかされてしまう。

——紅蘭。

あの眼差しに責められているような気がする。

（やめて……。私の名を呼ばないで。私は、もう呂家の紅蘭ではないのだから）

呼ぶなと念じる心と裏腹に、懐《なつ》かしいその名をもう一度、姜尚の口から聞かせてもらいたいとも思う。

初恋の時は遠く過ぎ去り、今の呂紅蘭の胸には別の男が住んでいるのだけれど。

思いに沈む香貴妃の背後に、黒い神獣が現れた。

香貴妃は、後ろに黒い神獣がいることには気づいていなかった。

「姜尚……。そうだ。もう一度、亮天を一斉捜索させて、長風旅団を狩り出そう。あの男を捕縛して……」

考えがうまくまとまらない。

自分は何をどうしたいのだろう。

（違う。妾は主上を取り戻したいだけのはず。小松千尋を殺し、主上の傍らで后妃となり、立派な太子《たいし》を産むのじゃ。李姜尚など、妾には関係がない……）

親身になって助けてくれるとしたら、あの男しかいないかもしれない。

だからといって、今さら、どの面《つら》を下げて元許婚《いいなずけ》の前に出ていけるだろう。

「ああ、もう……やめておくれ。妾は忙しいのに」

頭を振り、立ちあがろうとした香貴妃の背を黒い神獣の角がトンと軽く押した。

香貴妃はハッとしたように目を見開き、動きを止めた。

その瞳から生気が薄れ、表情が人形のように強《こわ》ばる。

香貴妃の足もとから、陰の気が立ち上りはじめた。

黒い神獣は満足げに、香貴妃の前にまわり、その顔に鼻づらをよせた。

香貴妃は何かに操られているように黒い神獣の首を撫《な》で、ぼんやりと微笑んだ。

「よい子……。そなただけが、妾の味方だよ」

黒い獣は、心地よさげに目を細めた。

「そなたに触れていると、迷いが消える。そう……妾のなすべきことがはっきりわかる。そなたがいてくれて、本当によかった……」

香貴妃は、赤子のような笑顔を浮かべた。
しだいに、陰の気が強まる。
陰の気は、香貴妃の膨らんだ腹部を中心にゆるやかに渦を巻きはじめた。
香貴妃はうっとりとした様子で自分の腹を撫で、黒い神獣に頰をよせた。
女の顔色がどんどん悪くなっていく。
「寒い……。ここはひどく暗い……。そなただけだよ、妾の側にいてくれるのは」
香貴妃は身震いし、肩を覆う披帛《かたかけ》を手探りした。
しかし、披帛は足もとに落ちたまま、香貴妃の手には届かない。
その時だった。
禍々《まがまが》しい光を流星の尾のように引きながら、山鵲が香貴妃のもとに降下してきた。
ギャアギャアと鳴く声に、香貴妃は顔をあげた。
「なんじゃ？」
すっとさしのべた細い手首に、山鵲が音もなくとまった。
香貴妃は、しばらく山鵲の目をのぞきこんでいた。
その表情が、いつもの香貴妃のそれに戻っていく。
「玉爾のなかに瑞香の種だと？　ほう……。面白い」
赤い唇が、酷薄な笑みの形を作る。

「誰《たれ》かある」

「は……」

高楼の廊下から、静かな女の声がした。

香貴妃のもとに残った、数少ない女官の一人である。名は、祥雲《しょううん》という。陰の気や黒い神獣は好きではないが、主には最後まで仕えようと心を決めているらしい。

祥雲は誰もが恐れる香貴妃に対しても以前と変わらずに接し、体調を気づかってくれる。

「今すぐに兵を七宝台にむけるよう、烏陵殿に伝えるがよい。ついさっき、主上と小松千尋が現れたようだよ。まだ遠くへは行っているまい」

「かしこまりました」

祥雲は音もなく香貴妃の傍らに近づいてきて、披帛を拾いあげ、女主人の肩にそっとかけた。

「貴妃さまもどうぞ、なかに入ってお休みください。冷えては、お腹《なか》のお子に差し障りましょう」

香貴妃は黙って披帛を押さえ、祥雲を見た。

祥雲は一礼し、香貴妃の命令を伝えるために高楼を出てゆく。

禁軍の兵が七宝台にむかうのと入れ違いに、千尋と櫂は陰の気のなかを屋敷に戻った。

櫂は、迎えに出た姜尚と叔蘭に挨拶するより先に「白猫はどこだ?」と尋ねた。

叔蘭は櫂のいつもと違う様子に少し首をかしげ、千尋たちを自分の房に案内していった。

＊　＊

暖かな火桶の置かれた房には、白猫が丸くなっていた。

(ああ、居心地よくしてもらってるんだな)

千尋たちの気配に気づいたのか、白猫は薄目をあけ、こちらを見た。だが、眠気が勝っているのか、起きてはこない。

櫂は、つかつかと白猫に近づいていった。

「蘭州侯、お預けしたものを返していただきたい」

白猫は櫂の顔を見上げ、不思議そうにしている。

「蘭州侯……」

白猫は大欠伸《おおあくび》をし、前脚の指を大きく開いて、のびをした。

「言葉、通じねえと思うぞ」

「やはり、ダメか……」

耀は困ったような表情になり、真正面から白猫を抱えあげた。白猫はだらーんとのびて、迷惑そうに耀の顔をながめている。

「蘭州侯、玉爾《ぎょくじ》がないと困るのですが。あれをどうなさったのですか?」

耀の言葉に、千尋は目を見開いた。

(やっぱり、こいつに預けたのかよ……!)

姜尚と叔蘭も、驚愕《きょうがく》したような表情になる。

「蘭州侯に預けたのですか、耀殿?」

「おい、そこの異世界からきた流れ者!」

色めきたつ二人の様子を見て、耀はすまなそうな顔になった。

「しかたがないだろう。あの時点で、安全に隠せる場所がほかになかったんだ」

(そんな……!)

千尋は、まじまじと白猫を凝視した。

やはり、あの金の判子がそうだったのだ。どうして、自分は司馬《しば》の屋敷を出る時、あれを持って出なかったのだろう。

白猫はまだ耀につかまれたまま、身体の力をぬいている。

「耀、オレ、玉爾、見たことあると思う」

「なんだと？　どこで見た？」

早口に、櫂が尋ねてくる。

姜尚と叔蘭も緊迫した表情で、千尋の言葉を待っている。

「こっちの世界に戻ってきてから、すぐだ。白猫の首輪にくっついてて、すげぇ重そうだから外した」

「外した⁉」

息を呑んで、櫂がくりかえす。

「うん……。ごめんな。そんなに大事なものだって思わなくて」

「それは今、どこにある？」

「たぶん、まだ司馬さんの家。オレの学ラン預かってもらってるんだけど、ポケットんなかに入れたままだ」

櫂の表情が曇った。

白猫が櫂の腕から逃れ、床にポンと降り立った。

「ということは……ここにはないのか？」

「うん」

「俺は白猫が玉爾を持っているから安心だと思って、白猫のいる長風旅団に来たつもりなんだが」

虚《うつ》ろな目で呟く櫂を見ながら、姜尚がため息をついている。

「ひどいわぁ。玉爾目当てですって、叔蘭。しんじらんなーい。これだから、男なんか信用できないんだわ」

「姜尚さま、気持ち悪いです」

「だって、深い考えとか覚悟があって旅団に入ったと思ったのに、こいつは玉爾があるから来ただけなんだぜ。俺の純情を弄《もてあそ》んで、ひどい男だ。一瞬、やっぱり、一国をしょって立つ奴は違うとか思ったのにー」

姜尚は、頭をくしゃくしゃとかきまわした。

「玉爾目当てで、仲間に入ったわけじゃない。それだけは言っておくぞ。俺だって、真面目に国のことくらい考えている」

ボソッと櫂が呟いた。

叔蘭が姜尚をながめ、「やれやれ」と言いたげな顔になる。

「で、どうなさるんですか、櫂殿?」

「明日、司馬の屋敷に行って、玉爾を回収してくる。……千尋も一緒にな」

櫂の言葉に、姜尚は少し心配そうな顔になった。

司馬が美青年の細作《さいさく》集団を抱え、ひそかに情報収集や暗殺まがいのことまでさせているのを知っているのだ。

「秘書令のところか……。危険じゃねえのか?」

「安心しろ。千尋の話では、司馬は桃花巫姫の味方だそうだ。どうやら、神獣を目撃して、宗旨《しゅうし》替《が》えしたようだ。烏陵とも一枚岩ではない」

烏陵の名をだす時、櫂の表情が曇った。

自分を信じ、汚れ役まで引き受けてくれた老政治家を裏切る形になってしまったことは、本当にすまないと思っていた。そのうえ、烏陵と敵対する組織に身を投じてしまったことは申し開きのしようもない。

(すまん、烏陵……)

だが、祠堂《しどう》を破壊し、蓬莱に陰の気を呼びこむことが正しいことではないとわかった今、烏陵と同じ道を歩むことはできなかった。

(櫂……?)

千尋は、黙って櫂の横顔を見つめていた。

たまに、こんなふうにつらそうな顔をする時がある。それは、櫂が王としての自分に立ちかえった時だ。

(オレが側にいるよ。ずっとついてる)

一人で悩んだり、苦しんだりするなと言ってやりたい。

そのために、自分は蓬莱に戻ってきたのだから。

翌日は、吹雪になった。

雪とともに陰の気が荒れ狂い、地狼の群れが亮天のそこここで跋扈《ばっこ》していた。

昨夜、七宝台を急襲した禁軍は、大巫子も使用人たちもいなくなっているのを発見した。

＊　　　＊

香貴妃の怒りを恐れた禁軍は、長風旅団の活動拠点を探し、王の影武者と寵童《ちょうどう》を引きずりだすため、治安の悪い北の閭里《りょり》にも入りこんだ。

そこで、禁軍は手に手に鎌《かま》や包丁を持った下町の人々と出くわした。

――桃花巫姫は渡さんぞ。

――帰れ！

次々に怒号があがり、人の輪が膨れあがっていく。

流血の事態を避けるため、禁軍は兵を引いた。

今、王の軍はすべて鵬雲宮と大貴族の屋敷のある南の高台に引きこもり、北の低地は無法状態となっている。亮天の東と西にある常設市も、今は開かれていない。

門扉《もんぴ》を閉ざし、不安に震える人々のあいだを、青い旗を掲げた長風旅団の自警団が行く。

そんな市街を後にして、千尋と櫂、それに白猫と大熊猫《おおくまねこ》の姿の芳芳は高台にある司馬の屋敷にむかった。

二人と二体を追いかけるように、気配を殺した山鵲が建物の屋根から屋根へと飛んでいく。

＊　＊

鵬雲宮の庭では、香貴妃が顔を仰向け、離れた場所にいる山鵲に意識を集中させていた。

香貴妃の閉じた目には、山鵲の目をとおした光景が視えている。

雪のなか、千尋をかばうようにして足早に歩く黒髪の青年の姿。

(主上……記憶が戻られたのですね)

香貴妃は、無意識に唇を嚙《か》みしめていた。

永遠に術を使って縛りつけておくことなど、できはしない。いつか記憶は戻ると知っていた。

それでも、せめて自分が后妃になるまではと思っていたのに。

傍らに立つ黒い神獣が耳を動かし、後ろを振り返った。

「貴妃さま、民衆が邪魔で市中では禁軍を動かせません。これ以上、無理をすれば暴動が起きましょう」

背後から、祥雲の報告の声がする。

香貴妃は頭を振り、山鵲との接触を断ち切った。まだ目の焦点がはっきりあわない。

「兵が動かぬと？」

「はい。民は桃花巫姫を護れと叫んでおります」

「すっかり、妾は悪者というわけかえ」

香貴妃は薄く笑った。祥雲の答えはない。

自分の言葉を肯定も否定もしないことが、祥雲なりの気づかいだということはわかっていたが、それがかえって腹が立つ。

「よかろう。禁軍には別の任務をあたえてやろう。市中からは引くように伝えよ」

黒い神獣の背に手を置き、香貴妃は冷ややかな声で言った。

「人が動かぬならば、地狼がいる。妾に逆らう者は思い知るがよい」

祥雲は一瞬、悲しげな目をしたが、主を止めようとはしなかった。

ほどなく、鵬雲宮の南の正門――赤陽門《せきようもん》が開き、地狼の群れが駆けだしていった。

＊　＊

長風旅団の屋敷を出てから一時間ほどで、司馬の屋敷の塀が見えてきた。
門扉は開かれているが、門士《もんばん》らしき人の姿は見えない。
その時、芳芳が警告するように低くうなり、千尋の袍《ほう》の裾《すそ》をくわえて引っ張った。
（え？）
ほぼ同時に、吹雪のなかに濃い陰の気が混じった。
「櫂、陰の気が……！」
「ああ。いるぞ、地狼が」
低い声で櫂が言い、九星剣《きゅうせいけん》を鞘走《さやばし》らせた。
屋敷のなかから、二、三十匹の地狼たちが姿を現す。
（嘘《うそ》……！）
まさか、司馬に何かあったのだろうか。
姜尚を助けるために出かけた日、朝早かったので、ろくにお礼も言えなかった。
まさか、あのまま、生き別れのような状態になるとは思わなかったのだ。
（親切にしてくれたのに……）

「地狼に襲われたようだな。偶然とも思えん。気をつけろ、千尋」
燿は、油断なく身構えた。
その時だった。千尋と燿の足もとを、白い猫が走りぬけた。
（ええっ⁉）
地狼が白猫に襲いかかってくる。
「蘭州侯！」
燿が白猫を護るため、駆けだしていった。
九星剣が一閃《いっせん》すると、地狼がジュッと蒸気を噴きあげ、消滅した。
その隙《すき》に、白猫は屋敷のなかに走りこんでいった。
燿が地狼たちと戦いはじめる。
千尋も両手をあわせ、霊力を集中させた。

＊　　＊

白猫は人気のない屋敷の庭を駆けぬけていった。

雪の積もった庭の途中に、ぐったりとした人々が倒れている。怪我をしているわけではないようだが、意識はない。

やがて、行く手に二階建ての建物が見えてきた。

一階の斜め格子の窓は、冬だというのに開いていた。

白猫は軽く窓枠に飛び乗り、室内に入りこんだ。房の壁際には黒檀《こくたん》の箪笥《たんす》があり、その手前にやはり黒檀に白蝶貝《しろちょうがい》で細工をほどこした衣装箱が置かれている。

衣装箱のなかには、千尋の学生服がぐしゃぐしゃになって入っている。もともとはきちんと畳まれていた形跡はあるので、誰かが荒らしたのかもしれない。

学生服のポケットから、白と黒の羽が突き出していた。

羽は少し動いている。

白猫は、音もなく衣装箱に近づいていった。

ポケットのなかから、白黒の鳥が後ずさりながら出てくる。幅広の赤い紐《ひも》のようなものをくわえているようだ。

白黒の鳥――山鵲は、背後に迫る白猫には気づいていない。

赤い紐の先には、鈍く光る金色のものが見える。玉爾である。

山鵲は紐をつつき、苦労しながら玉爾の端をくわえた。

その時だった。

白猫の前脚が山鵲の上に落ちかかってきた。

ジュッ！

焼けた鉄に水をかけたような音がして、白猫の脚の裏から黒い煙が立ち上った。

そっと前脚をどけると、山鵲の姿はもうどこにもない。

白猫は嫌なものでも踏んだように前脚をプルプルっと振り、玉爾をくわえあげ、ぽんと床に降り立った。

＊　　＊

千尋と櫂、それに芳芳は司馬の屋敷の庭を走っていた。

地狼は、あらかた片づけた。時おり、茂みの陰から襲ってくるものもいるが、片っ端から芳芳が踏みつけ、櫂が止《とど》めを刺していく。

やがて、庭の雪のなかに誰かが倒れているのが見えてくる。

「誰かいる！」

慌てて、千尋は倒れた人に近よった。白髪交じりの枯れ草色の髪には、見覚えがある。

（まさか……）

「司馬さん⁉」

「これは、地狼に襲われたというよりは陰の気にやられたようだな」

櫂が司馬の傍らに膝をつき、手早く手首の脈を確認する。

司馬は青ざめ、ぐったりとしている。大丈夫なのかどうか、わからない。

「息はあるが、これはひどいな。身体が冷えきっている。……見ろ。司馬だけじゃないぞ」

燿が顔をあげ、右手の建物を指さす。

開いた扉にもたれかかるようにして、二人の使用人が意識を失って倒れていた。その側には、砕けた茶器と皿が転がっている。陰の気は、突然襲ってきたようだ。

「どうしよう……。オレ、手当てできねえかな」

「ここはいいから、おまえは芳芳と奥に行って玉爾をとってこい。応急処置は、俺がやっておく」

燿が早口に言う。

千尋は「わかった」と小さくうなずき、芳芳と一緒に駆けだそうとした。

その時、回廊の奥のほうで何かが動いた。

(地狼？　まだいたのか？)

ギョッとして、千尋は身構えた。

その目の前に、白猫が姿を表す。口に金色のものをくわえていた。

「シロ！　おまえ……とってきてくれたのか！」

白猫は意気揚々と千尋に駆けよってきて、判子をぽとんと落とした。

拾いあげると、冷え切った金属はずしりと重い。

「櫂、これ、玉爾だよな？」

「ああ。たしかに玉爾だ」

櫂がホッとしたような表情になって、玉爾を自分の懐《ふところ》に収める。

千尋は、白猫の背中を撫でてやった。白猫は満足げに尻尾を立ててみせる。

「よくやった、シロ！」

「おまえ、神獣に対してシロはないんじゃないのか」

近くの房に入っていきながら、櫂が注意する。

「あ……ごめん。……って、何やってるんだ、櫂？」

櫂は、紙と筆記具を持って出てくる。

手慣れた様子で紙に文字を書き、乾かしてから、芳芳に差し出す。

「これを持って、姜尚のところに行ってきてくれ」

芳芳は一声鳴いて、手紙をくわえ、屋敷の外にむかって駆けだした。

不思議そうな千尋にむかって、櫂は長風旅団の応援を呼んだと説明した。

この屋敷を放っておけば、また地狼や陰の気が襲ってくるかもしれない。倒れた人々の世話をしながら、二人きりで見張りをするのは無茶というものだと。

その時、白猫が耳を動かし、上を見上げた。ほぼ同時に、櫂も同じように空を見る。

（ん？）

数秒後れて、しわがれた老人の声が降ってくる。

「大変あるよー！　大変あるよ！」

　櫂が千尋に下がれと合図するのと、雪の空から小さな雲が急降下してくるのはほぼ同時だった。

　雲には小柄な老人が乗っていた。葛巾《かっきん》をかぶり、左前の短い上着を着ている。

「あーっ！　ビー玉の爺《じい》さん！」

「また会ったあるね」

　老人の後から、二匹の禍斗も飛びだしてきた。

（禍斗？　あれ？）

　大巫子のところにいた禍斗と彩王に似ている。

　老人はニコッと笑って雲から降り、顔を撫でた。そのとたん、大巫子の顔が現れる。

「私だ。びっくりさせて、すまぬ。雲に乗るほうが速かったのだ」

「えーっ⁉　大巫子さん⁉　なんで……⁉」

（あの爺さん、大巫子さんが化けてたのか⁉）

　目を皿のようにしてながめる千尋の前で、老人はブルブルっと身体を振った。葛巾から
のぞく髪がなくなり、背がのびる。上着と袴子《ズボン》も色と形を変え、白い袍に変わった。

もう、そこにいるのは大巫子でしかない。

「これはどういうことだ、大巫子殿？」

燿が少し警戒するような目になって、大巫子をじっと見た。

以前、仙客《せんきゃく》の姿で会った時、この老人が千尋にくれたビー玉が怪しく光って、むこうの世界の光景を映し出したのだ。

燿の両親が交通事故にあう光景を。

そのせいで、動揺した千尋と燿は結果として結ばれることになったわけだが、そんなものをくれた老人の意図がわからない。ビー玉の正体もいまだにわかっていなかった。

燿が警戒するのも当然だった。

「話せば長いことながら、私はもともと仙客なのだよ。千二百年ほど前から、この国を見守ってきた。ところが、先々代の蘭州の巫子が亡くなったのが折悪しく、戦乱の最中で、後継者もなかなかおらぬし、しかたなく、私が臨時のつもりで巫子になったのだ。それが、成り行きで大巫子にまでなってしまってな」

大巫子は葛巾をとり、禿頭《はげあたま》をつるりと撫でてみせる。

「あの怪しい玉はいったいなんだ？」

「それに答えている時間はない。蘭州侯の祠堂が破壊されそうだ。禁軍はもう大景《たいけい》に入ったらしい」

真顔になって、老人が言う。

(マジかよ⁉)

「香貴妃か」

櫂の目が、すっと細められる。

「それ、やばいだろ！　祠《ほこら》が壊されたら、神獣も消えちまうんじゃねえのか⁉」

祠堂がある大景まで、ここから馬で一時間以上かかるだろう。歩けば、三、四時間かかるかもしれない。

(どうしよう)

司馬たちの手当ては大巫子にまかせて、とにかく大景にむかったほうがいいのだろうか。

それとも、屋敷に戻って馬を用意してもらったほうがいいのか。

迷っていると、ふいに禍斗たちが顔をあげ、塀のほうを見た。

(ん？)

立ち木のあいだをぬけて、姜尚が近づいてきた。傍らに、芳芳の姿がある。

一人と一体の後ろには、青い布帛《ふはく》を腕や腰に巻いた五、六人の男たちが付き従う。

(もう来たのか。早《はえ》えな)

どうやら、姜尚たちは思ったより近くにいたようだ。

姜尚は大巫子を見、びっくりしたような顔になった。

「大巫子殿？」

「これは、長風旅団の悪たれではないか。がんばっておるようだな」

大巫子は、ふっと笑った。

「恐縮です」

どうやら、二人は知己らしい。

千尋は姜尚に駆けよった。

「姜尚さん、大変なんだ。今、大巫子さんが知らせにきてくれたんだけど、蘭州の神獣の祠に禁軍がむかってるって」

「なんだと？」

姜尚は息を呑み、白猫に視線を落とした。

櫂が早口に言う。

「白猫に預けていたものは回収した。これから、俺と千尋は大景にむかう。すまんが、司馬と屋敷の人たちの救護を頼む」

「了解した。翼龍《よくりゅう》で行くのか？」

姜尚が訊いた。以前、櫂が翼龍に乗っていたのを覚えているのだろう。

「いや、記憶をなくしていたあいだにとりあげられたか、遠くに逃げてしまったようだ。

呼んでも返事がない。馬で行くしかないだろうな」

「わかった。一番速い馬を用意させよう」

姜尚が言いかけた時だった。大巫子が軽く手をあげた。

「待つがよい。もっと早く、大景に行く方法がある」

「まさか、翼龍をお持ちだとか……？」

期待をこめて、姜尚が尋ねる。

「翼龍などより、もっと速い」

大巫子が印《いん》を結ぶと、禍斗たちがびょうびょうと吠える。

そのとたん、二体の禍斗たちの姿が白く光りはじめた。

光のなかで身体が長くのび、頭が二まわりも大きくなる。

（え……？）

呆然《ぼうぜん》と見守る千尋たちの前で、禍斗たちは赤茶色の毛の生えた巨大な龍に変わっていった。頭部と四肢と尻尾は犬のままである。赤茶色の翼は大きく広がり、そのぶん肉厚になったようだ。

千尋は、目を瞬《しばた》いた。

「犬……龍？」

「亀龍《きりゅう》だ。禍斗の成長を早めた。もっと成長すると亀《かめ》に似た姿になって、空を飛び、火を噴くようになる。これを貸してしんぜよう」

自慢げに言われて、千尋は軽い目眩《めまい》を感じた。

（なんだよ、この翼つき巨大ダックスフントは……）

柴犬《しばいぬ》に翼がある姿のほうが可愛かった。

櫂も微妙な顔で亀龍を見、「これに乗るのか」と呟いた。

第五章　最終決戦

蘭州《らんしゅう》の神獣の祠堂《しどう》がある里、大景《たいけい》。

祠堂のまわりには、三千人近い人々が集まっていた。

亮天《りょうてん》の城壁の外にいた流民《るみん》たちと長風旅団《ちょうふうりょだん》、そして、それと対峙《たいじ》する禁軍の部隊である。

祠堂の上には、大きな青い旗が翻っている。

土産物屋は店を閉じ、巡礼の老人や女性は姿を消してしまっていた。

そんな人々の上空に、龍《りゅう》のような妖獣《ようじゅう》が二体、現れた。妖獣たちの側《そば》には、ひとひらの小さな雲も浮かんでいる。

＊　＊

「まだ祠堂は破壊されていないみたいあるね。急いで降りるあるよ」

仙客《せんきゃく》の姿の大巫子《たいふし》が雲に乗ったまま、言う。

千尋《ちひろ》は寒さに凍えた手を亀龍《きりゅう》の毛皮に潜りこませ、こくこくとうなずいた。燿《かい》とは別々に、一人で亀龍に乗ったのを後悔していた。

燿にしがみついていれば、龍の背に乗っても怖くはなかったが、一人で乗ると空に放りだされそうで怖くてならない。

千尋の乗った彩王《さいおう》は「落としはしませんよ」というように長い尾を振ってみせるが、そのたびに身体《からだ》が揺れて、千尋は涙目になってしまう。

白猫はちゃっかり一番乗り心地のよい仙客の雲を選んで、満足そうだ。

「おや……。祠堂にもう一人、桃花巫姫《とうかふき》がいるあるね」

両手を目の前で双眼鏡のような形に丸め、のぞきこみながら、仙客が眉根《まゆね》をよせて呟《つぶや》いた。その状態で、地上の様子がはっきり見えるらしい。

「え？　オレ？　でも、芳芳《ほうほう》ちゃんは置いてきたし……」

(オレの代役なんか、誰が……)

その時、燿が息を呑《の》んだようだった。

「鈴鈴《りんりん》じゃないか……！　まだ子供なのに、まずいだろう」

何がまずいのかわからないが、ひどく心配そうな表情だ。

仙客も慌てたような様子になった。

「急いで降りるあるよ！　急ぐある！」

亀龍たちは、空中を駆けるようにして一気に降下しはじめた。

びょうびょうという鳴き声が、虚空《こくう》に木霊《こだま》する。

（え？　どういうこと？　鈴鈴ちゃんじゃ、ダメなのか？）

千尋だけは何がなんだかわからないまま、激しく揺れる彩王にしがみつき、悲鳴を嚙《か》み殺《ころ》していた。

＊

＊

一方、祠堂の前の雪原では流民たちと長風旅団の兵たち、それに亮天の人々が禁軍と睨《にら》みあっていた。

祠堂の唯一の出入り口である木の門扉《もんぴ》は閉ざされ、その前に青と白の袍《ほう》をまとった可憐《かれん》な「美少女」――桃花巫姫と銀髪の巫子《ふし》が立っていた。

二人の側には、佩剣《つるぎ》を手にした睡江《すいこう》が控えている。

門の内側にも長風旅団の仲間たちがいて、祠堂の建物を護《まも》っている。

禁軍の数はおよそ千。

騎馬部隊だけではなく、弓隊と五台の投石機も連れてきている。

祠堂がすぐに落ちなければ、亮天から応援部隊がやってくる。

禁軍の最前列には、黒い馬に乗った大柄な武官の姿がある。この軍を率いる将軍だろう。深い兜《かぶと》に隠されて、その顔ははっきり見えないが、双の眼だけが異様に光っている。

すでに、睨みあいがはじまってから、かなりの時間が過ぎていた。

吹雪は少し前におさまり、新雪が大地を覆っている。

「みなさん、ここが最後の踏ん張りどころです。あと二時間ほど耐えれば、亮天から応援がやってきます。それまで、なんとしてでも、我々だけでこの祠堂は護りぬかねばなりません」

叔蘭《しゅくらん》の言葉に、人々が佩剣や槍《やり》をふりあげ、「おおーっ！」と轟《とどろ》くような声をあげる。

鈴鈴の化けた千尋も、黙って拳《こぶし》を天にむけてみせる。

人々が「桃花巫姫」を見る瞳《ひとみ》には、祈るような光があった。

「大丈夫だ、ここには桃花巫姫がおられる」

「神獣のご加護があるはずだ」

ささやきかわす声に、叔蘭は落ち着いた表情でうなずいてみせる。

（がんばってください、鈴鈴）

数時間前、亮天の屋敷に祠堂が危険だという知らせが飛びこんできた。

慌ただしく出発の準備を始めた時、突然、鈴鈴が後脚で立ちあがり、千尋の姿になったのだ。

鈴鈴なりに、以前、千尋を襲ったことをすまないと思っていたのだろう。助けてくれた長風旅団への感謝の気持ちもあるようだ。

その意気に感じた叔蘭と睡江は、「桃花巫姫」として鈴鈴を連れてきた。

「桃花巫姫」がわざわざ駆けつけてくれたことで、祠堂を守っていた長風旅団の兵たちの士気もあがっている。

こうして対峙《たいじ》しているあいだに、祠堂が危ないという噂《うわさ》を聞きつけて、近隣の里《むら》からも人は集まってくるはずだ。

雪原のむこうで、将軍が整列した禁軍の前を馬で走りはじめた。

列の端までいって、馬を止める。籠手《こて》をはめた将軍の左手が、さっとあがった。

「これより、后妃《こうひ》、香玉蘭《こうぎょくらん》さまのご命令により、蘭州の祠堂を破壊する。長風旅団は主上の影武者、尾崎《おざき》櫂と偽りの桃花巫姫、小松《こまつ》千尋を奉《たてまつ》り、この祠堂に陰の気を集め、畏《おそ》れおおくも玉蘭さまと主上の御子《おこ》を亡き者にせんと謀《はか》った。これはあきらかな反逆罪である！　逆賊、長風旅団を倒せ！　偽りの桃花巫姫と結び、主上になりかわらんとした不届きな影武者を退治せよ！」

それに応《こた》える兵たちの怒号のような叫びが、雪原を揺るがした。

「后妃万歳！」

禁軍の兵たちは、どう見ても正気ではない。

叔蘭の隣で、鈴鈴が震えはじめた。

この時、大熊猫《おおくまねこ》の目には将軍の姿に重なるようにして香貴妃《きひ》の姿が幻のように視《み》えたのである。

――妾《わらわ》の声が聞こえるのかえ。

ふいに、将軍がまっすぐ鈴鈴の目を視たようだった。

少女の姿の鈴鈴は、後ずさった。

「千尋さま?」

叔蘭には、鈴鈴がなぜ動揺しているのかわからなかった。

(敵の声が大きくて、驚きましたか? 妖獣《ようじゅう》とはいえ、まだ子供ですから……)

とはいえ、みなの手前、鈴鈴を落ち着かせなければならない。叔蘭がなだめようとした時だった。

将軍の全身から濃厚な妖気が噴きあげた。

幻の香貴妃の赤い唇が、嘲《あざけ》るように動く。

――おまえが桃花巫姫かえ?

「ひっ……!」

鈴鈴はひきつったような声をたて、その場で腰をぬかした。

大熊猫以外の者には、香貴妃の幻は視えていない。

「千尋さま⁉　どうなさいました⁉」

ハッとして見下ろした叔蘭の目の前で、栗色《くりいろ》の髪の「美少女」は見る見るうちに小さな大熊猫に戻っていった。

人々が、ざわっとざわめく。

あたりに、異様な沈黙が下りた。

小さな大熊猫はうろたえたように叔蘭を見上げ、まーと鳴いた。

そのとたん、怒号があがった。

「大熊猫じゃないか！」

「なんだ、その偽者は！　俺たちをだましていたのか⁉」

「裏切り者！」

投げつけられた石が、叔蘭の胸にあたった。

睡江が慌てて門扉を開かせ、叔蘭と小さな大熊猫を避難させようとする。

激しい怒号が飛び交い、棒や佩剣を手にした流民たちが長風旅団の兵たちにむかって殺到してくる。

その瞬間、空の高みがゴウッと鳴った。

人々は、敵も味方もハッとしたように空を見上げる。

彼らの視線の先に、二体の巨大な胴長短足の犬の姿が映った。どちらも赤茶色の翼を広げ、まっすぐ祠堂にむかって降りてくる。

犬たち——亀龍の側には、ひとひらの白い雲もくっついて飛んでいた。

「なんだ、あれは……!?」

睡江が息を呑む。

呆然《ぼうぜん》と見守る人々の前で、二体の亀龍と雲は祠堂の側に着地した。

＊　　＊

千尋は着地した亀龍から滑り降り、開かれた門扉を見た。

門の側で青い顔をしている叔蘭と睡江、そして、叔蘭の足にしがみつき、震えている小さな大熊猫。

叔蘭たちを護るように、四人の長風旅団の兵たちが棍《こん》を横にし、人々を門から押《お》し止《とど》めている。

千尋たちは、間に合わなかった。

なすすべもなく、空の上から鈴鈴が美少女から大熊猫に戻るところを見ていた。

(こういうことか……。子パンダだから、化けていられなかったんだ)

ようやく、千尋にも櫂と仙客が慌てた理由がわかった。

叔蘭たちのほうに歩きだしながら、千尋は膝《ひざ》が小刻みに震えるのを感じた。

自分の一挙手一投足《いっきょしゅいっとうそく》を、刺すような視線が追いかけてくる。

ここにいるのはつい今朝まで、千尋を見ると優しく微笑《ほほえ》んで、祈るように手をあわせてくれたのと同じ人々だった。

それなのに、今はどの顔も笑っていない。裏切られた失望感をありありと顔に浮かべ、責めるようにこちらを睨《にら》みつけている。

（なんで、こんなことに……）

「千尋さま……」

叔蘭がなんともいえない表情で呟く。

ふいに、誰かが叫んだ。

「二匹目の大熊猫か？」

嘲笑《ちょうしょう》が沸きおこる。

どうしようもない悔しさとともに、悲しみがこみあげてきた。

みんなを助けたい一心で、必死にここまで飛んできたのに。

櫂が黙って千尋の背を押し、祠堂の門のなかに入らせる。仙客と禍斗《かと》に戻った亀龍たちもそれにつづいた。

白猫も尻尾《しっぽ》をくねらせながら、千尋の後からついてきた。

「偽者！　大熊猫に戻れよ！」

誰かが怒鳴る。

あろうことか、白猫にむかって石を投げつけてくる者までいる。

（なんてひどい……！）

白猫が民衆を振り返り、ゆっくりとむきなおった。

投げつけられた石は白猫のすぐ側に落ち、千尋の足もとまで転がってきた。

また別の誰かが、石を投げる。

「やめろ！」

思わず、千尋は民衆と白猫のあいだに立ちふさがった。

「大熊猫、ひっこめ！　田舎芝居はたくさんだ！」

「ひっこめ、ひっこめ！」

罵声《ばせい》とバカにしたような笑い声に、足がすくみそうになる。見ず知らずの人々から、こんなにむきだしの敵意をむけられて、怖くてたまらない。

けれども、千尋は神獣を護らなければならなかった。助けに出てこようとする櫂と仙客を目で制し、震える足を踏みしめて、人々にむきあう。

「オレのことは、なんて言ってくれてもかまいません！　でも、この猫は蘭州の神獣なんです！　石を投げないでください！」

民衆がざわっとざわめいた。「オレ？」と首をかしげる者もいる。

「ただの猫じゃないか！」

「神獣のわけがなかろうが！」

また、嘲笑が湧きあがった。

（どうして、神獣だって信じてくれねえんだよ……!?）

悔しくて、身体が震えてくる。

白猫は冷たい地面に座り、脚に尻尾をくるりと巻きつけた。

落ち着きはらった様子で、勿忘草色《わすれなぐさいろ》の瞳を民衆にむける。

「まだ民をたばかる気か！　まことその猫が神獣ならば、祠堂を護ってみせよ！」

禁軍の将軍が嘲るように笑う。

まるで、将軍の口を借りて、香貴妃がしゃべっているようだ。

打ちのめされるような想いで、千尋は周囲の人々を見まわした。

（ダメなのか……？　わかってくれねえのか？　オレの言葉が足りねえのか？）

「どうした？　祠堂を護れぬか？　護れぬであろう。しょせん、すべて偽りだ。そなた、桃花巫姫もまた、偽者だ」

勝ち誇ったような声に、千尋は懸命に抗《あらが》った。

「オレは本物です！」

「本物だと？　男のくせに、何を言うか！　女のふりをして、民を偽りつづけたそなたに桃花巫姫の資格などない！」

　将軍の声は、鞭《むち》のように千尋を打った。

　民衆のあいだに不穏な空気が走る。

「男だと？」

「牡《おす》の大熊猫か？」

「どこまで、俺たちをバカにする気なんだ？」

　千尋は民衆の怒りと失望が膨れあがり、大気のなかに充満していくのを感じた。

　その時だった。

　ドドドドドーンッ！

　なんの前触れもなく、背後で爆発音がした。大地が揺れ、熱い爆風が吹きぬける。

（え⁉）

「千尋！」

　櫂がとっさに千尋を地面に押し倒し、全身で覆いかぶさってくる。

　轟音《ごうおん》と煙の臭い、人々の悲鳴。

（なんだ、これ？　何？）

全身の震えが止まらない。落ち着けというように、燿がギュッと抱きしめてくれる。

あたりが少し静かになって、燿が身を起こす気配があった。

恐る恐る千尋も顔をあげ、息を呑む。

祠堂の建物から、煙と炎があがっている。瓦屋根《かわらやね》の半分は崩れ落ちていた。

再び、爆発音があがり、瓦が飛んできた。

人々が悲鳴をあげ、禁軍のいない方向に逃げだしていく。

燃え上がる炎と黒い煙のなかで、祠堂は倒壊していった。

「嘘……！　なんで……⁉」

「やられた。こっちは陽動部隊だったんだ。俺たちの注意をひきつけているあいだに、裏から攻撃された」

蒼い顔で、燿が呟く。

気づけなかったことで、燿は自分を責めているようだった。

「神獣は⁉　シロ！」

千尋は、必死に白猫を目で探した。

白猫は動きを止め、じっと燃える祠堂のほうをながめている。

「祠堂が破壊されました！」

「もはや、これまで！　お逃げください！」

背後から、長風旅団の兵たちの叫びが聞こえてくる。

（破壊……された？　でも……神獣は……）

白猫は千尋を見上げ、声をたてずにニャアと鳴いたようだった。

その身体が透けていく。

「神獣！」

止めようとする櫂の腕に抗い、千尋は必死に白猫にむかって手をのばした。

その時、逃げまどう民衆のあいだをぬけて、一人の男の子が駆けだしてきた。
七、八歳で、頭に青い布を巻いている。
（あ……！）

男の子には、見覚えがあった。以前、この祠堂の裏で千尋と実体化した白豹《しろひょう》の姿を目撃し、「桃花巫姫がいる」と騒いだ子供である。

男の子は青い顔で、必死に駆けてくる。

「小杏《しょうきょう》！　戻っておいで！」

母親らしい若い女が人混《ひとご》みをかきわけながら、必死に叫んでいる。

しかし、人波に押し流され、前に進むことができない。

小杏と呼ばれた子供は息せききって走ってきて、白猫の前に跪《ひざまず》いた。

「神獣さま、蘭州侯、お助けください！　桃花巫姫とぼくたちをお護りください！」

喧噪《けんそう》のなかで、その声は千尋の耳にはっきり届いた。

（祈ってくれてる……）

わけもなく涙があふれそうになる。

思えば、自分は桃花巫姫として生きることを決めてから、一度でもこの神獣に祈ったことがあったろうか。

目に映るものにだまされて、神獣を神獣としてあつかわなかった。

「蘭州侯、お願いです！」

ひたむきな瞳で半透明の白猫を見つめ、子供は祈る。

それに応《こた》えるかのように、白猫の身体がぼうっと淡く光りだした。

白猫のまわりだけ、風が凪《な》いだようだった。

総崩れになって逃げようとしていた人々が一人、また一人と振り返り、足を止める。

千尋と櫂もまた、呆然《ぼうぜん》と白猫の姿を見つめていた。

光のなかで、白猫の姿が変化しはじめた。身体がぐぐっと大きくなり、四肢と尻尾が太くなる。耳の形も変わった。

気がつけば、そこには純白の豹が立っていた。黄金の霊光が、白豹の全身から立ち上る。

――我に祈るか、子供よ。

その場のすべての人間の胸に、神獣の声が響きわたる。

民衆は呆然と立ち尽くしていた。

初めて、人々は自分たちが信じなかったものがなんなのかを知ったのだ。

光り輝く神獣と子供。そして、少し離れたところに立つ少年の姿の桃花巫姫。

一人の流民が地面に膝《ひざ》をついた。それを合図のように、人々が跪きはじめる。泣きながら、地面に頭を押しあてる者もいる。

(ああ、そうだ……。オレはいっぺんだって、あの神獣に祈ったことはなかった。シロと呼んで、猫のようなあつかいをした。だから、あいつも自分が神獣だということを忘れてしまったんだ……。オレの責任だ)

白豹は長い尾を振って、陰の気に包まれた禁軍にむきなおった。禁軍の兵たちは、石になったように動かない。

——穢《けが》れし陰の気よ、去れ！

そのとたん、嵐《あらし》のような風が吹きぬけていった。

風に吹き飛ばされるようにして、祠堂のまわりの陰の気が薄れ、消えていく。

崩れた祠堂から噴きあげる炎と煙も鎮まった。

風がやんだ時、神獣はゆっくりと子供に鼻づらをよせ、息を吹きかけた。

蒼白《そうはく》だった子供の頬《ほお》に血の色が戻る。

「ありがとうございます、蘭州侯！」

小杏は目を輝かせ、神獣を見つめた。

——望みを捨てるな。

神獣の脚もとから、金色の光の粒が舞いあがりはじめる。

（え……？）

白豹は千尋を振り返り、よろめくような足どりで、こちらに近づいてこようとする。

しかし、一歩歩くたびに金色の光が舞い、白豹の姿は薄れていく。

「神獣！　消えるな！」

子供の祈りに応えたはずではなかったのか。

民衆たちも不安げにどよめいた。

「神獣さま！」

「蘭州侯！」

祈るような眼差《まなざ》しを受けたまま、純白の獣は勿忘草色の瞳をひたと千尋に据えた。

無限の信頼と愛情のこもった双の眼《まなこ》。

蓬莱を頼むと言われた気がした。

「わかってる！　オレ、なんとかするから！　だから、消えるな！　消えないでくれ！」

——桃花……。

かすかな思念を残し、神獣は消えた。

＊　＊

あたりはシンと静まりかえっていた。

祠堂の壁が崩れるガラガラという音がする。

「最後の神獣が消えた！　この神獣を消したのは誰だ？」

嘲るような将軍の声が響きわたった。

消えたはずの陰の気は神獣がいなくなったとたん、勢いを盛りかえしてきた。

民衆は地面に座りこんだまま、口をきくことさえできない。

千尋は自分の袍の胸もとをつかんだまま、小刻みに震えていた。

ように祠堂は壊れ、神獣は消え去っているはずだった。それでも、最後の力をふり絞って、子供の祈りに応えてみせた。

神獣が消えた瞬間、魂の一部をもぎとられたような気がした。

ひどく寒くて、世界にたった一人、とり残されたような気持ちになる。

耀が側にいることはわかっていたが、今の千尋にとっては手の届かない遠い場所にいるように思われた。

これが神獣のいない世界というものなのか。

「神獣を消したのはそなたたち、民衆だ。そなたたちが信じなかったから、神獣は力を失い、消え去った。それどころか、愚かにも敵の言葉にのせられて、桃花巫姫のことも疑った。信じきれなかった己を恥じるがいい」

とりかえしのつかない過《あやま》ちをおかしたと敵に教えられて、人々は打ちひしがれている。

将軍の残酷な視線が、千尋にむけられた。

「桃花巫姫よ、この恩知らずな民を護って戦うのか？　こやつらは疑い深く、無知で自分勝手だ。そなたが命を賭《と》して護るに値する相手か？」

千尋は、将軍の声のなかに香貴妃の声を聞いた。

滴《したた》るような悪意を感じた。

それが、かえって千尋の萎《な》えかけた気力をふるいたたせた。

すぐ側に櫂がいて、自分を見守ってくれているのがわかる。

叔蘭や仙客の視線も感じる。長風旅団の仲間たちが、見守ってくれている。

そして、あのつらい一瞬、大《だい》の大人にもできなかったことをしてのけた子供、小杏が祈るように自分を見つめていた。

（オレは一人じゃない）

大きく息を吸いこむと、冷えきった身体に血がめぐりはじめる。

「悪いけど、オレは自分以外の誰かを『価値がない』なんて言えるほど立派な人間じゃないんだ」

蓬莱の救済よりも、恋人との帰還を優先した。

帰る方法ばかり探し歩いていた。

それでも、いつしか出会った人々の情に打たれて、気持ちは変わってきたのだ。

「みんなにも言っておく。神獣が消えたのは、オレの責任だ。みんなのせいじゃない。オレがもっと神獣のことを信じて、ちゃんと祈っていれば、こんなことにはならなかったんだ」

「ほう？　こやつらに疑われ、石を投げられてもそう言うか」

将軍が冷ややかに笑う。

石を投げられた時の悔しさと悲しみが甦《よみがえ》ってきて、千尋は一瞬、息を止めた。

たしかに、つらかった。

だが、それで大事なことを見失ってはいけない。

「石を投げるのは……それはよくないと思う。でも、そんなことされたのは、最初にオレたちがみんなに嘘をついたからだ。善かれと思ってやったことだけど、結局、大熊猫をオレの身代わりにして、みんなをだました。それは、オレが謝るべきだと思う。……本当にごめんなさい」

千尋は、民衆にむかって頭を下げた。

咳《しわぶき》一つ聞こえない沈黙。反応がないことが怖い。

以前の千尋なら、こんなふうな状況に立たされたら、足がすくんでいたろう。

けれども、今の千尋は必死だった。全身全霊をかけて、敵と対峙《たいじ》していた。

「それと……もう一つ、オレはみんなに謝らなきゃいけないことがある。ずっと黙ってたけど、オレは男なんだ。どうしても正直に言えなかった。ごめんなさい……」

だんだん声が小さくなって、顔をあげていられなくなる。

(オレ、ダメかも……)

しばらく、うつむいていたが、勇気をふりしぼって顔をあげる。

誰が誰だかわからないほど緊張し、精神的に追いこまれていたが、櫂の顔だけはわかった。

恋人の強い眼差しに励まされ、千尋は言葉をつづけた。

「オレは異世界から来て、初めてこの世界を歩いた時、すごく空が広いのに驚いたんだ。夜がこんなに暗いなんて知らなかったし、星があんなに綺麗《きれい》だったなんて、初めて知った。短いあいだだけど、いろいろな人に会って、桃花巫姫がどれだけ、みんなの心をささえる存在なのかもわかった。オレがどうして桃花巫姫なのかはわからない。だけど、オレや神獣を信じてくれる人が一人でもいるなら、オレはその人たちに応えたい。護る価値があるかって訊《き》いたな。……オレは、価値はあると思う」

「綺麗事を言うな！　こやつらの目を見ろ。おまえが男で、大熊猫を身代わりにしていたことを知って、絶望している！　おまえが謝ったところで、許してはくれないだろう。それでも、命を懸けて護るか？」

その時、誰かが「俺は許すぞ」と言った。

（え？）

見ると、一番前にいる痩《や》せた年寄りの流民だった。老人は真剣な目で千尋を見、はっきりした声で言う。

「この人が男か女かなんて、どうだっていい。大事なのは、桃花巫姫だってことだ。そうじゃないか？」

そうだそうだと賛同する声がある。

（お爺《じい》ちゃん……）

誰かが拍手しはじめた。

さらに数人が手を叩《たた》きだす。

しだいに拍手は大きくなってきた。

（みんな……）

おずおずと見回すと、長風旅団の兵たちが千尋にむかって微笑みかけていた。

その側で、旅団とは関係のなさそうな太った老人や、身なりのいい若者たちも笑顔で手を叩いている。

それに勇気づけられて、千尋は禁軍の将軍を見据えた。

「これがオレの返事だ」

空の遠くで、雷が鳴った。

鉛色《なまりいろ》の雲のあいだから、ちらちらと雪が降りはじめる。

「愚かな民と愚かな桃花巫姫。似合いかもしれぬな。だが、いくら空元気《からげんき》をふりしぼったところで、神獣は消えたのだ。おまえたちには、もはやどうすることもできまい」

千尋と将軍は、舞う雪のなかで睨《にら》みあった。

どこかで地狼が吠えている。

神獣が消えた今、刻一刻と陰の気が強まってくるのがわかる。

けれども、千尋も長風旅団の仲間たちも民衆たちも禁軍を前にして、一歩も退《ひ》かない構えだった。

二体の禍斗たちも喉《のど》の奥で不気味に唸《うな》りながら、千尋の攻撃命令を待っている。

その時、千尋の肩にひらり……と赤いものが舞い下りてくる。

ほぼ時を同じくして、仲間たちのまわりにも赤いものが降ってきた。

（な……に……？）

手のひらに舞い降りてきて、すうっと溶けたものは雪だ。かすかに赤みがかった水滴が残る。

「赤い雪だ……」

「不吉な……」

人々がざわっとざわめく。

将軍が声をあげて笑いだした。

「どうだ！　神獣なき世界に、ふさわしい雪ではないか！」

禍斗が将軍の言葉を打ち消すように、びょうびょうと吠えた。

ふいに、櫂がハッとしたように禁軍のむこう、雪原の右手に視線を走らせた。

「来た」

（え？）

見ると、青い旗を掲げた人々の一団が馬でやってくるところだった。

危機を知って駆けつけた、長風旅団の応援部隊だ。

仲間たちのなかから、歓声があがる。

将軍が舌打ちしたようだった。

その時、赤い雪の降る空を斜めに降下して、茶色い龍が禁軍の側に舞い降りた。

乗っていた兵が将軍にむかって駆けより、書状を手渡す。

将軍は書状を見、不愉快そうにぐっと握りつぶした。

「神獣の祠堂を破壊し、我らの任務は完了した。后妃さまのご命令により、すみやかに亮天に帰還する！」

再び龍が飛び立つのと同時に、禁軍はいっせいに王都にむかって移動していった。轟《とどろ》くような蹄《ひづめ》の音が遠ざかる。

応援部隊は深追いはしなかった。

はらはらと散っていた赤い雪は、数分でやんだ。

踏み荒らされた雪原に取り残され、人々はほうっと吐息を漏らした。

一時は皆殺しも覚悟したが、とにかく命はあった。桃花巫姫も本物だったらしい。

だが、これからのことを考えると気持ちが沈んでいく。たしかに、将軍の言うことにも一理はあった。

「千尋さま、申し訳ありませんでした。祠堂を護りきれませんでした」

叔蘭が歩みよってきて、つらそうな表情で深々と頭を下げる。

千尋は叔蘭に首を振ってみせた。

「頭なんか下げないでください。たしかに神獣は消えました。でも、まだ望みはあるんです」

玉爾《ぎょくじ》のなかの端香《ずいこう》の種が。

確信に満ちた千尋の言葉に、叔蘭はハッとしたような顔になった。

「手に入ったのですか?」

千尋は、耀に視線をむけた。

耀が肩をすくめ、黒い袍の懐《ふところ》から金の玉爾をとりだしてみせる。

玉爾は冬の陽《ひ》を受け、キラリと輝いた。

叔蘭や民衆のすがるような視線のなかで、千尋は耀の手のなかの玉爾に手を重ねた。

「みんなも聞いてください。このなかに端香の種があります。陰の気のなかでも、真冬でも咲くそうです。これがあれば、神獣たちを復活させることができます」

数秒の沈黙の後、天を揺るがすような歓声があがった。

バサッと音をたてて、冬の空に青い旗が翻る。

流民たちが掲げる抵抗の旗。

つづいて、「乗長風《ちょうふうにじょうじて》破万里浪《ばんりのなみをやぶる》」と大書された旗が掲げられた。

＊　　＊

蘭州の祠堂が破壊されてから、半日が過ぎた。

千尋たちは亮天の屋敷に戻り、姜尚《きょうしょう》と合流した。

民衆の大半は姜尚の説得に応じ、それぞれのねぐらに戻ったが、一部の若者たちは青い旗を掲げ、鵬雲宮《ほううんきゅう》前の広場に集まった。そこで、衛士《えじ》たちと睨みあいになっている。

「これが玉爾だ」

櫂が袍の懐から出した金の判子を、赤い円卓の上に置いた。

屋敷の奥の一室だった。室内には千尋、櫂、叔蘭、姜尚、睡江、朱善《しゅぜん》、それに大巫子がいる。二体の禍斗と芳芳、鈴鈴も、火桶《ひおけ》の側で丸くなっている。

意識の戻らない司馬《しば》と使用人たちは、屋敷の別の場所に寝かされているという。

「開けてみたか？」

姜尚が尋ねる。櫂は首を横に振った。

「いや、まだだ。そもそも、開け方がわからん」

大巫子が玉爾をつかみ、千尋にひょいと渡してきた。

「桃花巫姫ならば、なんとかなるかもしれぬ」

（なんとかならなかったら、どうするんだよ）

期待と不安が半々で、千尋はずっしりと重い判子をひねってみた。

カチッと音がして、呆気《あっけ》ないほど簡単に判子が二つに割れる。

「ええっ⁉　開いたぞ……！」

判子の内側には窪《くぼ》みがあり、梅の実ほどの大きさの種が一つだけ入っていた。表面はつるつるしていて、綺麗な金茶色をしている。

（一個だけなのか）

千尋は、目を瞬《しばた》いた。

櫂も、興味深そうに種をのぞきこんできた。

「これが端香の種か。思っていたのとは、ずいぶん違うな」

「うん……オレも想像してたのと違う。なんか、もっと細かい草の種みてぇなのだと思ってた。これ、そのへんに適当に植えてもいいのか？」

種をとりだし、手のひらに載せてみる。

姜尚や叔蘭は触れて汚してはいけないと思うのか、千尋のように種に触ろうとはせず、少し離れたところからながめている。

「いや……どこでもよいわけではないだろう。清い場所でなくてはな」

大巫子が禿頭《はげあたま》をつるりと撫《な》で、呟いた。

「清いって言っても……陰の気がすごく濃くなってるじゃないですか。今、どこを探しても清い場所なんか……」

言いかけて、千尋はふと判子の内側に何かが彫ってあるのに気がついた。

角のある馬の文様だった。頭を下にむけ、角で地面に触れている。

「こんなとこにも、神獣の模様が彫ってあるんだな」

ポツリと呟くと、糴が「見せてみろ」と判子を受け取り、ふっと目を細めた。

「これは見覚えがあるな。……たしか、そっくり同じものを鵬雲宮のどこかで見た」

「種をまく場所の目印かもしれぬ」

大巫子が静かに言った。

（マジかよ）

姜尚たちが顔を見合わせた。叔蘭が玉爾を見ながら、低く言う。

「それでは、その模様と同じものがある場所で種をまけばよいのでしょうか」

「大巫子殿のおっしゃるような清い場所が、今の鵬雲宮にあるのかどうかわからねえが、やってみる価値はあるんじゃねえのか。……で、どこで見たって、糴？」

糴は、しばらく考えていた。

「たぶん、どこかの広場の敷石だと思う。赤陽門《せきようもん》の前でないのはたしかだが……」

「紫天宮《してんきゅう》のどこかではありませぬか？」

朱善が低い声で言う。

「いや……紫天宮ではない。華蓉殿《かようでん》の前だ。たぶん、間違いない」

何かを思い出すような目になって、糴が呟いた。千尋は眉根《まゆね》をよせた。

「華蓉殿って、オレたちが乱入したとこだよな。あのものすごく広い広場で、一枚の敷石を探すのかよ……」

「行けば、場所はわかる。心配するな。たしか、華蓉殿から広場につづく階段を降りてすぐのところだったと思う。歩きながら、気づいたからな」

それならば、すぐに見つかるだろう。

「じゃあ、オレたち、鵬雲宮に行くのか」

千尋の言葉に、櫂は真顔で答えた。

「そういうことになるな。結局、香玉蘭との対決は避けられない」

千尋は、かすかに身震いした。

（やっぱ、ラスボスは香貴妃なのか。倒すたびに変身して、パワーアップしてったら嫌だな……）

ついそんなことを考えてしまう。

櫂が姜尚、叔蘭の二人に視線をむける。

「いちおう確認しておきたいが、俺は后妃を僭称《せんしょう》している香玉蘭と戦うことになる。おそらく、手加減はできないだろう。命を奪うことになるかもしれないが、それは了解してもらいたい」

（ん？　なんで姜尚さんたちに了解とか言ってるんだ？）

櫂の言葉に、姜尚は厳しい表情になった。

元許嫁《いいなずけ》を殺すかもしれないが、了解してくれと言われたのだ。

いは俺たちだけで、やらせてもらう」
「もしも、了解できないようであれば、俺は千尋と朱善を連れて今すぐ出て行く。この戦
紅蘭姫《こうらんひめ》を自分で倒す覚悟はあっても、燿の手にかけさせる覚悟はまだない。
叔蘭もふっと無表情になる。

「燿……？」

千尋には、この場の張りつめた空気がよくわからない。

なぜ、燿がそんなことを言いだしたのかも。

朱善も不思議そうな顔をしている。大巫子の表情は読みとれない。

長い沈黙の後、姜尚が口を開いた。

「香貴妃……いや、呂《りょ》紅蘭は俺が倒したい」

「え？　りょこうらんって？」

姜尚が、悲しげな瞳で千尋を見る。

「おまえにも話しておかないといけねえな。今、香玉蘭と名乗っている女は本名を紅蘭、姓を呂という。俺の仕えていた呂家の姫だ」

「ええっ!?」

（それって、姜尚さんが捜してた人だよな？）

ようやく、千尋にも燿が姜尚たちに了解をもとめたわけがわかった。

大巫子はとっくに知っていたのか、驚いた様子はない。

「もっと早くに見つけだして、助けてやれば、あんなふうにはならなかったかもしれねえ」

(そんな……！　じゃあ、どうしたらいいんだ……!?)

今の姜尚の気持ちを思うと、言葉が出ない。殺すというのも、あまりにも酷《むご》い話だ。

しかし、救うだけの余裕があるかどうか。

「浄化させて……救えないのかな」

「これだけのことをしでかした女を、世の中が受け入れるか？　たとえ、もとの紅蘭姫に戻ったとしても、五体の神獣をすべて滅ぼした女だと知られたら、蓬莱《ほうらい》で生きてはいけない。いや、紅蘭姫自身も正気に戻れば、つらいだろう」

何かを覚悟したような表情になって、姜尚が言った。

「でも……」

「こうなっちまったのは、いろんな事情はあるかもしれねえが、最終的には自ら悪に染まった紅蘭姫自身の責任だ。もちろん、一番悪いのは梧州端城《ごしゅうたんじょう》の乱を起こした幽王《ゆうおう》だ。呂家に無実の罪を着せた龍《りゅう》王家だ。あの乱さえなければ、紅蘭姫は今も端城で平和に暮らしていただろう。かわいそうな女だと思う……。それでも、今、あのひとがやっていることは間違っている。哀れだとは思うが、犯した罪は裁かれなければならない。……だから、せめて、俺が幕を引きたい」

命と引き替えに。

たぶん、そういうことだろう。

姜尚は呂紅蘭に自分の命をくれてやって、すべてを終わりにしたいと思っているのだ。

だから、余人の手は借りたくない。

ましてや、龍月季《げっき》に紅蘭姫を殺されたくはないと思っているのだろう。

(わかるけど……。わかるけど……でも)

「この先、戦いが始まれば、どのような状況になるのか誰にもわかりません。もし、燿殿や他の人間が手を下すことになっても、それは姜尚さまの代わりになさることです。そうお考えください」

すべての想いを呑みこんだような瞳で、叔蘭がささやくような声で言った。

その一瞬、姜尚はひどく悲しげな目をした。

「おまえは、俺の代わりはしなくていいぞ。巫子が手を血で汚《けが》したら、二度と神獣に仕えることはできなくなる」

叔蘭は何も言わず、ただ微笑んだ。巫子の気持ちは固まっているのだろう。

長い、重苦しい沈黙があった。

やがて、一つ、ため息をついて燿が口を開いた。

「余裕があれば、おまえにやらせてやろう。だが、もしもおまえたちが動けず、俺にしかできない状態になったら、その時には俺がやる。俺もあの女に対して、いくばくかの責任はあると思うからだ。梧州端城の乱の直前、父を止められなかった責任だ。あの時、父の首を落とす隙《すき》はあった。しかし、俺は迷った。その結果が、これだ。……せめて、神獣を甦《よみがえ》らせることで、すべての過ちを償いたい」

姜尚は、つらそうな目で櫂を見つめた。

本当ならば、「否《いな》」と答えたかっただろう。しかし、姜尚はぎりぎりのところで自分を抑えたようだった。

「いいだろう」

それだけ言って、櫂に手を差し出す。櫂もまた、深い眼差しになって姜尚の手を握った。

さらに二、三、細かいことを決めて、会合はお開きとなった。

姜尚は何か考えるような表情で、芳芳のふかふかの毛に指をくぐらせている。

千尋も種を玉爾に戻し、文字の刻まれた面をながめていた。

その時、大巫子が櫂に近より、「ちょっとお話が……」とささやいた。

櫂はあたりを見まわし、大巫子と一緒に廊下のむこうに歩いていった。

（ん？　なんだろう、櫂……）

戻ってきた櫂は、深刻な顔をしていた。

けれども、千尋と目があうと微笑み、「なんでもない」というように首を横に振ってみせる。

＊　　＊

仲間たちはみな、それぞれの部屋にひきとっている。千尋と櫂も最後の夜を過ごすため、寝室に戻ってきたのだ。

端香の種を持って鵬雲宮にむかう前夜。

千尋を後ろから抱《だ》き枕《まくら》にしたまま、櫂がささやく。

「眠れないのか？」

「ん……いろいろ考えちゃって」

香貴妃のことや姜尚のこと、神獣たちがすべて消え去ったこと。

屋敷の見張りの話では、陽が翳《かげ》りはじめた頃から陰の気が異様に強まり、亮天のあちこちで地狼《ちろう》の群れが徘徊《はいかい》しているという。

もしかしたら、明日、どちらかが――いや、両方が死ぬかもしれない。

うなじに、櫂がそっと唇をよせてくる。

「何もかも、おまえ一人で抱えこむな。俺がいる」

「うん……」

千尋は櫂にむきなおり、その胸に顔をギュウッと押しつけた。

懐《なつ》かしい肌の匂《にお》い。

(死ぬな……絶対に)

明日のことを考えれば、眠ったほうがいいのはわかっていた。それなのに、頭は冴《さ》えるばかりだ。

(これが最後になっちまったら後悔しねえように……伝えておかなきゃ。いろんなことを)

そうは思っても、何を話していいのかわからない。

櫂の裸の左肩の傷跡にそっと指先を触れる。

「なんだ？」

「好きだよ、櫂」

櫂の瞳が優しくなる。

「俺もだ」

小動物でも撫でるように髪を撫でられ、くすぐったさに千尋は目を細めた。

「そういえばさ……おまえ、こっちにも両親がいるんだよな？」

気になっていたことを尋ねてみる。

「ああ。どっちも死んだが」

そういえば、以前、烏陵《うりょう》からそんなことを聞かされた気がする。

月季の母は早くに亡くなったと。

やはり、それは寂しいことには違いないだろう。

「正直言って、こっちの世界の父親にはなんの感情も感じない。陰の気に憑かれていたせいか、暗くて怖い人だった。母親は早くに死んだから、記憶はあまりない」

千尋の感傷に気づいたのか、櫂はあっさりと答えた。

「早くにって……？　でも、おまえ、十五から五年間だろ？　その前の記憶もあるのか？なんか、烏陵さんたちの話を聞いてると前からいたっぽいけど」

髪を撫でる櫂の手が止まった。

目をあげると、角灯の明かりのなかで、櫂が苦しげな目をしているのがわかった。

(櫂……？)

「五歳から十五年だ」

「五歳!?」

「飛ばされた時に、なんでだかわからんが、五歳児に戻っていてな。あれにはびっくりしたな」

軽い口調で言ってはいるが、無理をしているような気配が伝わってくる。櫂にとって、これは口にだすだけでもつらいことなのかもしれない。

訊かないほうがいいのだろうかと思って逡巡《しゅんじゅん》していると、櫂は心の整理をつけるように自分からぽつりぽつりと話しはじめた。

「さっき、大巫子が話してくれたんだが、どうやら、俺がいっぺんは死んだか、死にかけたらしいな」

「飛ばされた時にか？」

（こっちに来た時に死んだってことか？　……まさかな）

「いや、その前だ。俺もまだ信じられないんだが、俺はこっちの生まれだそうだ。だが、五歳の時に父親に殺されたか、殺されそうになったかで、このままでは本当にやばいということで、大巫子が……というか、あの仙客《せんきゃく》が俺をむこうの世界に送ったらしい」

仙客には未来を占う力があるのだと、櫂は言った。

その力で、龍月季が蓬莱の危機を救う王になるだろうということを知り、人の世界に干渉してはいけないという掟《おきて》を破り、父である幽王に切られ、川に投げこまれた幼い太子《たいし》を助けたのだと。

（じゃあ、さっき大巫子が話があるって言ったのは、そのことだったんだ……）

「おまえ、こっちの人間だったのか……」

急に悲しくなって、千尋は櫂の手をつかんだ。

こうしていると何一つ自分と変わらないのに。

「俺の一部は、むこうにも属している。むこうの母親の腹から生まれなおしたからな。だが、本質は蓬莱にあるらしい。もしかすると、俺はおまえに会うためにむこうに行ったのかもしれない」

淡々と言われ、泣きたくなった。

恋人の過酷な運命が切なくて。

「ごめん……櫂……」

ギユッとしがみつくと、櫂が「どうした?」と苦笑する気配があった。

櫂はあえて、五歳児に戻って混乱していた直後、こちらの世界の父親に「このようなものは、我が息子ではない」と言われ、佩剣で左肩を切られたことは語らなかった。

今なお左肩に残る無惨な傷跡が、その時のものだということも。

それでも、櫂が口にしたことだけでも、千尋には充分すぎた。

「だって……五歳から十五年も……。ごめんな。寂しかったろう?」

「もう寂しくない。おまえが来てくれたから」

ささやきかけてくる声は、切ないほど優しい。

「櫂……」

「ずっと側にいてくれるんだろう?」

こめかみに唇をよせ、櫂が尋ねてくる。

千尋は顔をあげた。

薄く開いた唇に、櫂の吐息がかかる。

「一生、側にいるよ。絶対に離れねえ」

「その言葉だけ、聞きたかった」

愛《いと》しげに唇をふさがれて、それ以上、会話はつづかなかった。しがみついた腕を引きはがされ、夜着の帯を解かれ、陶然としたまま、櫂の頭を抱えこむ。

「愛している……千尋」

「オレも……大好きだよ、櫂……。何があっても……」

この時を決して忘れない。

たとえ、いつか、指先に櫂の温《ぬく》もりを感じられなくなる日が来ても。

櫂の腕のなかで、その日の遠いことを祈る。

格子窓に貼《は》られた白い紙ごしに、雪が舞うのがぼんやりとわかる。

房《へや》のなかは寒かったが、触れあっている部分だけは温かかった。

かった。

＊　　＊

翌日の午前中、千尋と櫂、姜尚、叔蘭の四人と芳芳は仲間たちに見送られ、鵬雲宮にむかった。

神獣が消えた街は廃墟《はいきょ》のような気配を漂わせている。

若者と流民を中心とした一団は鵬雲宮前で門士と睨《もんばん》みあっていたが、大半の人々は家に籠《こ》もり、息をひそめて、この異変が過ぎてくれるのを待っていた。

人のいない東西の市には、我が者顔で地狼がうろうろしている。

早朝に入ってきた知らせでは、昨夜遅く、西の荊州《けいしゅう》を竜巻が襲い、県城が一つ消え失せたらしい。また、北の柏州《はくしゅう》の海岸では大寒波で街が凍りついたという。

一刻の猶予《ゆうよ》もなかった。

やがて、行く手に壮麗な赤陽門——鵬雲宮の南の正門が見えてくる。

赤陽門前の広場には青い旗を掲げ、手に手に鎌《かま》や包丁を持った数百人の民衆が集まっていた。老人も若者もいる。若い娘の一団も見えた。

人々は、今にも暴徒と化して鵬雲宮を攻撃しそうだ。

「行くぞ、千尋」

櫂が静かに言って、門にむかって歩きだす。黒い袍に銀の鎧《よろい》をまとい、腰には九星剣《きゅうせいけん》を佩《は》いていた。

両腕には美しい籠手《こて》をしていた。籠手は片方の端に毛皮がついており、銀色の部分には華麗な細工がほどこされている。

今朝早く、下町の三娘《さんじょう》のところから櫂のために届けられた籠手だ。もともとは三娘の夫、亡き安《あん》将軍の持ち物だったらしい。

人々が千尋たちの姿に気づいて、ざわっとざわめき、道をあけてくれる。

人垣のなかに、まっすぐ鵬雲宮につづく道ができた。

道の両側で、寒さに頬を赤くした若者たちが手をあわせている。

みな、この四人と一体が蓬莱に残された最後の希望だということを知っているのだ。

（どうやって入るつもりだ？　まさか、この人たちと一緒に攻撃をしかけるとか……）

血が流れるのも厭《いと》わず、戦うとは言った。

しかし、ここで血を流せば、端香の種はダメになってしまうだろう。

不安に、千尋は身震いした。身につけている白と青の袍は絹を何枚も重ねてあるので、寒くはなかったのだが。

足もとには、ある覚悟とともに、こちらの世界の沓《くつ》を履いていた。もとの世界に属するスニーカーは今朝出てくる時、長風旅団の屋敷に置いてきた。

「大丈夫だ。四人で芳芳ちゃんを連れて、またここから出てこよう」

姜尚がささやいた。こちらは、温かそうな革の袍を着ている。

「必ずだぞ、姜尚さん」

「ああ、約束する」

その時だった。閉ざされた赤陽門の上のほうから声がした。

「桃花巫姫と李《り》姜尚、楊《よう》叔蘭、尾崎櫂の四人は入れ。香后妃さまの許可がでている」

見上げると、中年の門士が千尋たちを見下ろしている。

「許可……？」

「罠《わな》だろうな」

櫂が袍の肩をすくめて、小さな声で呟く。

閉ざされていた赤陽門が、ゆっくりと開きはじめる。

千尋たちは、顔を見合わせた。芳芳が様子をみるように、そーっと前に出る。

そのとたん、黒い矢が飛んできて芳芳のすぐ側の地面に突き立った。

「大熊猫は下がれ！　入ることは許されぬ！」

黒い矢羽根が、まだ揺れている。

千尋は、チラリと姜尚のほうを見た。芳芳がいるのといないのとでは、戦力にずいぶんな差が出る。

姜尚は仲間たちの尋ねるような視線に肩をすくめ、芳芳に「おとなしく、ここで待ってろ」と言った。今、ここで騒ぎを起こすのは得策ではないと判断したようだ。

四人が芳芳を残し、鵬雲宮のなかに踏みこむと、背後で赤陽門が音をたてて閉まる。

民衆が不安げな声をあげるのが聞こえた。

(閉じこめられた……)

チラリと櫂のほうを見ると、櫂は「心配するな」と言いたげにうなずいてみせる。

門の内側には、人の姿はない。

伏兵を予期していたらしい姜尚が眉根をよせ、あたりを見まわす。

塀にそって、人の背丈ほどの竹が生えてきている。

陰の気のせいなのか、竹は不思議な青紫色をしていた。

「行け。香后妃さまがお待ちだ」

上のほうから、門士の声が降ってくる。

「せっかくのお招きです。行かせてもらいましょう」

叔蘭が肩をすくめて、呟く。

「お昼ご飯を用意してくれているといいんだがな」

手にした佩剣をクルリとまわし、姜尚が軽口を叩く。

「おまえの腸《はらわた》で饅頭《まんじゅう》を作ってくれるぞ」

耀がボソッと呟いた。

「おまえな。いちおう、あれは俺の主家の姫なんだがな」

「そういうことを言う気なら、俺は王だが」

「そんなの、認めねえよ」

「この戦いが終わったら、おまえが王になって新王朝を拓《ひら》くか？　俺はかまわんぞ。千尋さえいればな」

「冗談じゃねえよ」

ほのぼのしているのか、不穏なのかよくわからない会話をかわしながら、男たちは進んでいく。

三十分ほど歩いても、兵が襲ってくる気配はなかった。

（なんだろう。気味悪《わり》ぃな……）

進むにつれて陰の気が濃くなり、肌がピリピリしてくる。

しだいに、姜尚と叔蘭の顔色が悪くなってきた。耀は平気な様子だ。

千尋はそっと自分の霊気を翼のように広げて、姜尚たちをかばった。

青紫の竹もしだいに数を増してきた。場所によっては役所の建物が青紫の竹藪《たけやぶ》に変わり、屋根が見えないところもある。

＊　　＊

たどりついた華蓉殿前の広場は、冬の寒さに凍《い》てついていた。

あたり一面、霜に覆われ、石畳や高い石塀は青黒く変色している。

空の色さえ紫がかっていて、赤陽門の外とは別の世界のようだ。

ここには、竹は生えていなかった。

その代わり、広場をとりまくようにして、棘《とげ》の生えた茨《いばら》のような木が生い茂っている。

幹は青銅のような色で、ところどころにどす黒い血に似た花が咲いている。

青銅の茨と血の花。

その茂みの下の暗がりに、地狼が身を潜めているのがわかる。

「やばい場所だな。気をつけろ」

姜尚がボソリと言った。

櫂が目を細め、遠くをじっと見る。

「ずいぶん陰の気に侵食されたな。……あれは華蓉殿のようだが」

広場のむこう端に、見覚えのある建物がたっていた。壮麗な瓦屋根も立ち並ぶ丹塗《にぬ》りの柱も今は陰の気のせいか、青い霞《かすみ》のむこうに黒っぽく霞んで見える。

陰の気が渦巻いた。

いつの間にか、広場の真ん中に鮮血のように赤い襦裙《ころも》の女が立っていた。その側に闇色《やみいろ》の獣の姿もあった。

(げ……)

「一人なのか」

ボソリと櫂が呟いた。予想外といった様子だ。

「あれ……香貴妃だよな?」

「そうだ」

櫂の表情が厳しくなる。

「側にいるのは、黒い神獣とかいうやつか。……太陰帝《たいいんてい》が化けたものか?」

姜尚が眉根をよせ、香貴妃の姿に視線を凝らした。

千尋も目を細め、香貴妃と黒い神獣をじっと見た。

陰の気が濃すぎて、はっきりとはわからない。

「太陰帝じゃねえと思う。でも、よくわかんねえ。……気配が似てる気もするけど」

「わかった。油断するな」

櫂が九星剣の鞘《さや》に手をかけ、低く言う。

「よく来ましたね、小松千尋、李姜尚、楊叔蘭。そして、月季さま」

冷たい風に襦裙の袖《そで》を翻しながら、女がこちらに近づいてくる。

香貴妃が踏んだ青黒い敷石から、煙のような陰の気が立ち上る。

「その名は捨てた」

淡々とした口調で、燿が答える。香貴妃は黒い目で、じっと燿を見た。

「いいえ、あなたは月季さま。妾《わらわ》の腹のなかには、あなたさまの御子《おこ》がおります」

白い手が自分の腹部を大事そうに撫でる。

（燿の子……）

つらい思いで、千尋はその姿を見つめていた。

香貴妃の腹は、前に見た時よりも膨らんでいる。だが、死んだような世界のなかで、そこに命があると言われても信じられないのも本当だった。

香貴妃の姿は子を宿した母のものというより、狂った情念に支配され、墓からぬけだしてきた尸鬼《しき》のそれに似ていた。

姜尚がチラと燿の顔を見た。

燿は無表情に香貴妃を見返した。

「俺の子じゃない。何かの勘違いだろう」

「ひどいかた……！　主上以外に妾を抱いた殿方はおりませんわ」

ぬけぬけと言って、香貴妃は妖艶《ようえん》に微笑んでみせる。燿は、ため息をついた。

「二年前の子がまだ腹に入っているわけか」

（え？　それって……そういうことだよな……）

思わず、胸が躍る。

そんな自分の浅ましさにうんざりして、千尋は目を伏せた。桃花巫姫といいながら、心にこんな薄汚い気持ちを飼っている。

（独占欲なんて、こんな時に……）

香貴妃は憤然として、櫂を睨み据えた。

「妾をお疑いですか。これは主上の御子に間違いはありません。妾にはわかります！」

「もういいだろう、紅蘭姫。こんなことはやめにしよう」

痛ましげな表情で、姜尚が呼びかけた。

香貴妃の瞳に怒りの炎が燃えあがる。

「まだその名で呼びますか……！　妾は香玉蘭。この蓬莱の后妃ですよ」

「いいや、あなたの名は呂紅蘭。呂家の姫だ。この国に后妃はいない」

姜尚は、はっきりとした口調で言った。

「妾は国母ですよ！　反乱軍の首魁《しゅかい》が馴《な》れ馴《な》れしい！」

「王に弓ひいているのは、あなたのほうだ。今はあなたが反逆者なのだぞ、紅蘭姫。こんなことをつづけていてはいけない」

か！」

「お黙りなさい！　妾は間違っておりませぬ！　妾には神獣がついているではありませんか！」

香貴妃は鋭く叫んだ。

黒い神獣が、脅すように姜尚にむかって角をふりたてる。

姜尚は黙って、首を横に振った。

その横から、櫂が哀れむような瞳で言う。

「おまえの言葉は何もかも嘘ばかりだ。それは神獣などではない。おまえも桃花巫姫ではない。真の桃花巫姫は千尋だ」

香貴妃は、キッと櫂を見た。赤い唇が妖艶な笑みの形を作る。

「またその小僧の話ですの？　主上、玉座にお戻りください。ようやく、主上の願った国が作れますのよ」

「神獣に頼らない世界ということか。そんなものはいらない。俺はたぶん、この世界が嫌いだったのだろう。千尋のいる世界に戻りたくて、蓬萊をむこうと同じような場所に変えようとした。だが、それは間違いだったとわかった。この過ちは、生涯かけて償《つぐな》っていくつもりだ。まずはこの端香の種をまき、神獣を甦らせることからはじめよう」

櫂は懐から玉爾をとりだし、二つに割って、なかの種を千尋に手渡した。

端香の種は、陰の気のなかでうっすらと金色に光っている。

「素直にこの種をまかせてくれないか。そうすれば、おまえの命まではとらない」

「妾が邪魔ですのね。その小僧と幸せになるために。……冗談ではない。そのような種、まかせてなるものか」

香貴妃の瞳がカッと光った。

そのとたん、広場の四方の茨がざわざわっと揺れ、空にむかってのびはじめる。

（うわ……！）

千尋は、肌がピリピリするのを感じた。陰の気が強すぎる。

慌てて、千尋は端香の種を袍の懐に押しこんだ。

燿も玉爾を懐にしまい、恋人をかばうように半歩前に出た。

香貴妃の足もとから、妖気が立ち上る。

「何もかも滅ぶがいい。端香の種など、砕け散れ」

空に不穏な妖気が立ちこめ、黒雲が広がりはじめる。

「お待ちください、紅蘭姫。呂家が王家に睨まれたのは身分にかかわらず、有能な若者たちを集め、国の未来のため、教育を施《ほどこ》そうとしたからです。呂家がまこうとした種を滅ぼしたのは、王家です。その結果が梧州端城の乱でした。同じ過ちをくりかえしてはなりません。あの乱の犠牲者のあなたが今ここで、蓬萊のための種を滅ぼすのですか？」

叔蘭が鋭く言った。

香貴妃は叔蘭をじっと見、微笑んだ。

「清らかな巫子殿、妓楼《ぎろう》あがりの后妃を遥《はる》かな高みから責めようというのですか。妾が味わった苦痛など、誰にもわかろうはずがない」

「だから、みな、不幸になればいいと？　そのようなことをおっしゃるなら、私たちはあなたを倒すしかなくなります」

「倒せばよいでしょう！　倒せるものなら！」

香貴妃はククッと笑った。

叔蘭は、つらそうな表情になった。説得は難しく、そのうえ、時間はあまり残されていない。

櫂と姜尚が目と目を見交わす。どちらがやるかと順番を確認しあう眼差しだった。

「紅蘭姫、お許しを」

ふいに、叔蘭が覚悟を決めたような目になって、両手で印を結んだ。白い袍の足もとで、強い霊気が渦を巻く。

その肩を姜尚がぐっとつかんだ。

「やめろ、叔蘭。おまえの役目じゃないだろうが」

「しかし、姜尚さま」

姜尚は、キッと叔蘭の瞳を睨みつけた。

「ダメだ。許さん」

叔蘭は気圧《けお》されたように視線を落とし、渋々ながら印を解いた。

その身体《からだ》を自分の背後に押しやるようにして、姜尚は香貴妃にむきなおった。

「紅蘭姫、俺はあなたを止めるためにここにきた。この愚かな戦いを終わらせるために」

「妾を殺しますか」

「それで、この国の人々が救われるなら」

香貴妃は一瞬、すさまじい瞳で姜尚を見返した。

「やはり、妾を見捨てるのですね」

姜尚が息を呑んだ瞬間、香貴妃の背後の石畳を割って、青黒い茨の枝が突きだしてきた。枝には鋭利な刃《やいば》のような棘《とげ》が生えている。

茨の枝はそれ自体が生き物のように大きく揺れ、鞭《むち》のようにしなって姜尚たちに襲いかかっていく。

「危ない、姜尚さま！」

「叔蘭、下がれ！」

姜尚が叫ぶのと同時に、叔蘭の全身がカッと白く光った。

バシッと空気が鳴り、茨の枝が姜尚に届く手前で折れ、宙に舞う。

しかし、右手のほうから襲いかかってきた四、五本の枝は、かわしきれなかった。

悲鳴をあげながら、姜尚と叔蘭の身体は宙に舞い、石畳に叩きつけられた。

鈍い音がして、姜尚の身体の下から血が流れだす。

「姜尚さん！　叔蘭さんっ！」

「動くな、千尋！　あの茨は人の動きに反応して襲いかかってくるぞ！」

櫂が、飛びだそうとする千尋の腕をつかんで止める。

そのあいだに、石畳を割って這《は》い出《だ》してきた茨の枝が姜尚たちの身体を覆っていく。

(嫌だ……こんな……)

千尋は唇を嚙みしめた。腹の底から、こみあげてくる怒りがある。

パンと両手を打ちあわせると、全身がカーッと熱くなり、嵐のような霊気が吹きぬけた。

周囲の茨が青紫の水晶の結晶のようなものに変わり、音をたてて砕け散った。

「千尋……」

櫂が少し驚いたように恋人を見る。

千尋は、自分がもう寒さを感じていないのに気がついた。

強い霊気が自分のまわりで渦を巻いている。

黒い神獣が警戒するような瞳で千尋を見る。

ぐったりしていた姜尚が、よろめきながら立ちあがった。その腹部は血で真っ赤に染まっている。茨の棘で深くえぐられたのだろうか。

叔蘭は仰向けに倒れたまま、意識を失っている。

(叔蘭さん……)

その時、今までとは違った香貴妃の声が聞こえてきた。

「誰も彼もが妾を殺そうとする。妾は邪魔者かえ……。誰も助けてはくれぬ。わかってくれぬ……」

見ると、香貴妃は膨らんだ腹を押さえ、苦しげに顔を歪《ゆが》めていた。

「みながおまえを敵とするのは、おまえが誰一人として信じず、大切にせず、虫けらのように殺そうとするからだ、呂紅蘭」

静かな声で、櫂が言った。

「主上まで……その名で……! 妾は玉蘭じゃ!」

「呂紅蘭、もういいだろう。血も殺戮《さつりく》も充分だ。おまえは、蓬莱の神獣たちを滅ぼした。稀代《きたい》の悪女となったのだ。蓬莱の民は、永久《とわ》におまえの名を忘れない。これ以上、何を望む?」

「主上と妾の子を……」

「それはかなわない。そこにあるものは人の血肉ではないぞ、紅蘭。自分でも本当はわかっているはずだ」

　耀の言葉が何かの呪縛《じゅばく》を断ち切ったのか、ふいに香貴妃の腹部がボコボコと動きはじめた。

（え……!?）

　香貴妃もギョッとしたように自分の腹を押さえた。

　そのとたん、苦痛に襲われたものか、よろめいて、その場に膝をつく。

「紅蘭姫！」

　たまりかねたように姜尚が前に出、耀に制止される。

「なぜ……妾がこんな目に……！」

　女のまわりで、陰の気が渦を巻く。

　ボコボコと動く腹から不気味な黒い光が射《さ》してきた。

第六章　花は天に還《かえ》る

香貴妃《こうきひ》の腹部から射《さ》す黒い光が、しだいに強くなってくる。

不吉なものを感じて、千尋《ちひろ》は後ずさった。

その時、カッと黒い閃光《せんこう》があたりを照らしだしたかと思うと、香貴妃の腹部から半透明の大きな青黒い玉がぬけだしてきた。

（え……!?）

青黒い玉は石畳に落ちて軽く弾み、ボコボコと泡立《あわだ》つように蠢《うごめ》きはじめる。

気がつくと、もう香貴妃の腹の膨《ふく》らみはなくなっている。

（なんだよ、あれ……!?）

青黒い玉は千尋たちが呆然《ぼうぜん》として見守る前で、今にも割れそうに膨らみだした。

姜尚が小さく息を呑《の》む。

「何か出てくるぞ……！　おい……」

そのとたん、青黒い玉はビシュッと音をたて、内側から弾《はじ》けた。粘液の固まりが飛び散る。

玉のあった場所には、やはり青黒い異様な赤子が転がっていた。頭が普通の赤子より大きく、落ちくぼんだ目は血のように赤い。

(太陰帝《たいいんてい》……じゃねえのか⁉)

千尋の背筋が冷たくなった。

太陰帝の気配もかすかに感じたような気がするが、もう妖気《ようき》が強すぎて判別はつかない。

平らになった腹を押さえ、呆然と見つめる香貴妃にむかって青黒い赤子は粘液の尾を引きながら、ずるりずるりと這《は》いよっていった。

香貴妃が後ずさると、青黒い赤子はギギギ……と軋《きし》むような声をたてて笑った。

血のように赤い口が耳まで裂け、ありえないことに鋭い牙《きば》が現れる。

ふいに赤子は立ちあがり、ひょこひょこと歩きだした。香貴妃に近づくにつれて、その姿が膨れあがり、青黒いまま巨大化していく。

「嫌！　嫌っ！　嫌ああああああーっ！」

香貴妃が髪をふり乱し、絶叫する。

(喰《く》われる……！)

千尋は恐怖に凍りつき、動けなかった。

香貴妃が何ヵ月ものあいだ、己の腹のなかで育ててきたものは、いったいなんだったのか。

その時、すぐ横を血みどろの姜《きょう》尚《しょう》が駆けぬけていった。褐色《かっしょく》の髪が翻る。

「紅蘭姫《こうらんひめ》ーっ！」

姜尚は全身で香貴妃を突き飛ばし、石畳に転がった。

深手《ふかで》を負っているはずなのに、その動きに迷いはない。

次の瞬間、赤子の皮膚がペロリとめくれあがって巨大な風呂敷《ふろしき》のようになり、姜尚を呑みこんだ。

（嘘《うそ》……。姜尚さん……）

呆然と振り返った香貴妃の目が、張り裂けんばかりに見開かれた。

自分をかばって、姜尚が呑まれたのがわかったのだろう。

赤子だったものは、ぞろりと石畳を這って、千尋たちのほうに移動してこようとする。

「姜尚さんっ！」

叫ぶ千尋を、櫂《かい》が強引に後ろに下がらせた。

「下がれ、千尋！」

ふいに、異様にぬめぬめする青黒い影のなかから、姜尚の佩剣《つるぎ》が突き出した。

切り裂かれた部分から、煙のようなものが立ち上った。

やがて、影に輝く筋が走り、そこから長身の身体《からだ》がよろめきながら出てくる。片手で血の流れだす腹を押さえている。

（生きてた……）

千尋が一瞬、ホッとしたのも束《つか》の間《ま》。姜尚の身体は糸の切れた操り人形のように、その場に倒れこみ、動かなくなった。

目を閉じた顔は土気色《つちけいろ》で、がっしりした身体は一回り小さくなったように見える。

「姜尚さん……」

信じられない。まだ息はあるはずだ。だが、それをたしかめようにも陰の気が強すぎて、姜尚の気配が感じられない。

香貴妃もなんとも言えない表情で、倒れた姜尚の姿を見つめていた。

「殺すと言ってみたり、助けてみたり……そなたの気持ちがわからぬ。なぜじゃ……⁉

答えよ……！　なぜじゃ⁉」

けれども、姜尚の返答はない。

青黒い影が、ざわざわと蠢きはじめる。

「神獣……あの男を……」

香貴妃が蒼白な顔で身を起こし、すがりつくように黒い神獣のほうに手をのばした。

男を助けてと言おうとしたのかどうかは、わからない。

しかし、黒い神獣は嘲笑《あざわら》うような目で香貴妃を見下ろすばかりだ。

見捨てられたと悟ったのか、香貴妃の目が絶望に見開かれる。

「そなたまで……！」

切り裂かれた青黒い影はシュウシュウと煙を立ち上らせながら、黒い神獣のほうに近よっていった。

もう香貴妃を喰う気はなくしたようだ。

黒い神獣が影を見、招くように頭を振った。赤子の影はすうっと獣の足もとの影に吸いこまれ、消えていく。

(融合した……⁉　なんだ、あいつら……)

さっきまで、香貴妃から立ち上っていた陰の気は跡形もなく消えていた。

今、その禍々《まがまが》しい気配は黒い神獣に乗り移っている。

「気をつけろ、千尋」

濯が警告を発した時、黒い神獣のまわりで赤い光が乱舞しはじめた。

光のなかで、獣の姿が変化していく。

頭が縮み、肩の位置が変わり、全体的にひとまわり小さくなる。

(え……⁉)

赤い光が消えた時、そこには長身の男が立っていた。

身につけているのは、漆黒の鎧《よろい》だ。髪も肌も闇《やみ》からぬけだしてきたように黒い。千尋たちにむけられた瞳《ひとみ》だけが血のように赤い。その顔は美しかったが、驕慢《きょうまん》で冷酷だった。

（なんだよ、こいつ……⁉）

相手が人でないことだけは、わかる。

側《そば》にいるだけで全身の力が吸いとられ、血が冷えていくようだ。

漆黒の男の頭上の空の色までも、不気味な赤紫に変わりはじめる。

「くっ……！」

燿が顔を歪《ゆが》め、よろめいて、その場に膝《ひざ》をついた。

このすさまじい陰の気に耐えかねたのだろうか。

（燿……！）

ドサッと音をたてて、香貴妃が石畳に倒れこんだ。こちらも、すでに限界だったようだ。

千尋だけがまだ、この邪悪な力に抗《あらが》い、立っていた。陰の気はぎりぎりのところで千尋の身体を避け、通り過ぎていく。

「なんだ、おまえは？」

恐怖を押し隠し、千尋は漆黒の男を睨《にら》みつけた。

返事があるとは思わなかったが、冷ややかな声が返ってきた。

「私の名は、紫微大帝《しびたいてい》。かつては天上にあった星神《せいしん》だ。地上の闇が私を呼んだ」

（しゃべった……）

「紫微大帝？　太陰帝じゃねえのか？」

「あのような鼠《ねずみ》と一緒にしないでもらおう」

薄笑いを浮かべて、紫微大帝は千尋を見返す。

耀が九星剣《きゅうせいけん》を石畳に突き立て、柄《つか》にすがるようにして立ちあがった。

「呂《りょ》紅蘭を操っていたのも……おまえか？」

耀の問いに、紫微大帝は満足げにうなずいた。

「そうだ。面白い女であったな。思った以上に長く楽しませてくれた」

「いつから憑《つ》いていた？」

「地上の暦にして三月《みつき》ほど前からになろうか。太陰帝と自称する鼠が、その女の腹のなかに潜んで赤子のふりをしていた。ひねりつぶすのはたやすかったが、興味が湧《わ》いた。それで、黒い獣となって側にいることにしたのだ。そのあいだに、呂紅蘭の記憶は隈《くま》なく読んだ」

「神獣の祠堂《しどう》を破壊させたのも……おまえか？」

紫微大帝は、クッと嘲《あざけ》るように笑った。

「そうだ。崔烏陵《さいうりょう》の記憶も読んだ。裏切り者の龍月季《りゅうげっき》よ。あの老人は、最後までおまえを愛していたぞ」

紫微大帝の言葉に、櫂の頬《ほお》がかすかにひきつる。

「烏陵に何をした……⁉」

「あの老人の魂は私が喰った。もはや、正気が戻ることはあるまい」

櫂は、小さく息を呑んだ。

これは櫂にとっては、致命傷に等しい一撃だった。心のなかにあった悔恨の念を刺激され、冷静ではいられなくなる。

「よくも……！」

「おまえが裏切り、捨てた丞相《じょうしょう》ではないか。こうなったのは、すべて、おまえの愚かさが招いたことだ」

楽しげに紫微大帝が笑う。

まるで、櫂を動揺させ、その心につけこもうとしているようだ。

たぶん、紫微大帝は香貴妃を操り、弄《もてあそ》んだのと同じように櫂を玩具《がんぐ》にしようとしているのだろう。

（ダメだ、櫂……）

「俺の愚かしさだと……！」

櫂のまわりに陰の気が渦巻いた。

紫微大帝への怒りと憎悪が周囲の陰の気に反応し、いっそう暗いものを呼びよせようとしている。

紫微大帝は嘲《あざけ》るように燿を見、ささやいた。

「もっと怒るがよい。その佩剣はなんのためにある？　怒りにまかせて、切りつけてみるがよい」

燿は、ぐっと九星剣を握りしめた。

消えたはずの茨《いばら》の枝が再び現れ、石畳のそこここで不気味に蠢きだす。

（やばい……）

「燿、落ち着け！　キレたら、そいつの思うつぼだぞ！　正気に戻れ！」

けれども、燿は千尋の声さえ耳に届いていないようだった。

すっとあがった九星剣の切っ先は、ことあろうに千尋にむけられる。

「燿！」

「無駄だ。その男はもはや正気には戻らぬ」

紫微大帝の声に、絶望の念が湧きあがってくる。足もとに、薄い煙のような陰の気が忍びよってきた。

ハッとして、千尋は霊力を集中させた。近づいてくる陰の気が退《ひ》いていく。

（ダメだ……オレまで引きずられちゃ……。しっかりしなきゃ……！）

心を静めると、真っ黒な陰の気に紛れて、擢のほうから、ほのかにやわらかな気配が漂ってくるのがわかった。

あるはずのない静かな気配。

（え？）

目を凝らすと、擢の両腕を覆う銀の籠手《こて》がうっすらと光っていた。

籠手のまわりには、陰の気がよりつかない。

（もしかして、あれが擢を護《まも》ってるのか……）

どうやら、擢を闇に染め、操ろうとする力は籠手にはばまれているらしい。

その証拠に、擢は九星剣を千尋にむけたまま、動かない。

だとしたら、まだできることはあるはずだ。

千尋は籠手をじっと見つめ、そこに全身の霊力を注ぎこんだ。

足もとから、ゆらゆらと霞《かすみ》のような霊光が立ち上る。

それに応《こた》えるように、擢の籠手の光も強くなってきた。

紫微大帝が苛立《いらだ》ったように、腕を一振りする。

「ええい。くだらぬ真似を……！」

憎悪の念とともに、氷のような風が吹きつけてくる。

「擢！　正気に戻れ！」

鋭く叫んだ瞬間、櫂が深く息を吸いこんだ。

その周囲の茨が青紫の結晶となって砕け散る。

櫂は千尋を見、自分の籠手を見、苦笑したようだった。

「すまん、千尋。面倒をかけた」

九星剣が下がるのを見て、千尋はようやくホッと息を吐いた。

(よかった……)

紫微大帝が憎々しげに千尋を見、唇を歪めて笑った。

「ほう……邪魔をするか。やはり、おまえをとりのぞくのが先のようだな、桃花巫姫《とうかふき》よ」

紫微大帝が片手で印を結ぶ。

その瞬間、ドンッと大地が揺れたようだった。

一瞬、目の前が真っ白になる。

(な……！)

次の瞬間、千尋は悲鳴をあげそうになった。

身体が空の高みに浮いている。

まるで超高層ビルから見下ろしたように、鵬雲宮《ほううんきゅう》が小さく見えた。この高さから見てさえ、かなりの広さの宮殿だということがわかる。

マッチ箱のような大きさの広場と青紫の長方形の建物は、華蓉殿《かようでん》とたった今まで紫微大帝と対峙《たいじ》していたはずの広場である。

——見るがいい。

どこからともなく、紫微大帝の声がする。

ふいに、千尋の目に赤陽門《せきようもん》が映った。門の外には、来る時に見たよりも大勢の民衆が集まっている。

青い旗の数も前より増えたようだった。

旗を振り、口々に何か叫ぶ人々。その後ろのほうで、老女や子供たちが跪《ひざまず》き、両手をあわせ、鵬雲宮のほうにむかって一心に祈っている。

（みんな……）

——桃花巫姫、どうかご無事で。

——負けないで。

声は届かなくても、気持ちは届く。

人々の姿を視ていると、恐怖が薄らぎ、勇気が湧きおこってくる。

千尋はふう……と息を吐いた。

（応援してくれるんだ……）

その時、紫微大帝の残酷な笑い声が響きわたった。

——おまえたちは、この人間どもを護ろうとしているのだな。くだらぬことだ。だが、桃花巫姫がこやつらの存在から力を得ているらしいのもわかった。

「あの人たちに何をする気だ⁉」

千尋の背筋に、冷たいものが走った。

――楽しませてくれた礼に、護るべき民のいなくなった国を返そう。

紫微大帝が言ったとたん、千尋の眼下で大地が激しく揺れた。

人々が悲鳴をあげて建物の外に飛び出し、親たちが子を抱えこむ。

赤陽門も崩れ、広場の一角が陥没する。瓦礫《がれき》のなかに、生き埋めになったらしい門士《もんばん》の腕が見える。

逃げ惑う者と倒れて動けない者。地獄絵のような光景のなかで、なおも両手をあわせ、桃花巫姫に祈る人々の姿がある。

「やめろ！」

――まだまだ、こんなものではないぞ。見るがよい。神獣が消えたことで、この国は刻一刻と滅びにむかっていこうとしている。

その言葉が聞こえたとたん、千尋の目に映る光景が変わった。

＊　　＊

荊州《けいしゅう》と梧州《ごしゅう》を隔てる明徽山《めいきざん》。

ふいに、明徽山一帯を激しい地震が襲った。

広い範囲で山肌がはがれ落ち、土煙をあげながら滑り落ちていく。

土砂が崩れ落ちる先には、曲がりくねった街道と谷底の小さな里《むら》がある。

里から走りだし、必死に逃げる母子の姿が視《み》えた。若い母親が五、六歳の女の子を抱きかかえている。

そんな親子の上にも、土砂は容赦なく襲いかかっていく。

＊　　＊

柏州《はくしゅう》の浜辺では、いっせいに潮が引きはじめた。

見る見るうちに、遥《はる》か遠くまで砂浜と岩がむきだしになる。

不安げに浜辺に集まってくる人々が、ふいに沖を指さした。

真っ黒な水の壁が轟音《ごうおん》とともに押しよせてくる。

我がちに逃げる人、つまずいて転んだ老母を迎えに戻る息子、来るなというように手を振って叫ぶ老母、立ちすくんで、泣き叫ぶ幼児。

すべてが暗い水のなかに消えていく。

＊　　＊

「やめろ！　やめろーっ！」

耐えきれず、千尋は絶叫した。

「しっかりしろ、千尋！　どうした！」

肩をつかまれ、揺さぶられる。

ハッと気がつくと、いつの間にか、もとの広場に立っていた。すぐ横に、心配そうな表情の櫂が立っている。

「何があった、千尋？」

「今、上から鵬雲宮が視えたんだ。地震が起きて、赤陽門が崩れてる。あちこちで、災害も起きてる。でも、それでも逃げねえで、祈ってくれてる人たちがいる。オレ、あの人たちを助けなきゃ！」

千尋は、キッと紫微大帝を睨みつけた。

(倒すしかねえ)

心を決めると、足もとから白い霊光が立ち上りはじめる。

千尋の決意を感じとったのか、櫂もまた強い眼差《まなざ》しになって、うなずいた。

「いくぞ、千尋」

「うん。やろう」

千尋は両手をあわせ、意識を集中させた。手のひらが白く輝きだす。

周囲の茨が力を失い、青紫の水晶に変わっていく。

「無駄だ。私を倒したところで、蓬莱《ほうらい》の終焉《しゅうえん》は止められない。神獣のいない世界は、滅ぶしかないのだ」

嘲るように笑って、紫微大帝が佩剣をぬいた。

「まだ希望はある。おまえを倒し、神獣を甦《よみがえ》らせてみせる」

櫂が九星剣を構え、紫微大帝にむかって走りだした。

甲高い金属音が響きわたり、櫂と紫微大帝は左右に飛び離れた。

二度、三度と切り結ぶうちに、ふいに紫微大帝の左腕から血飛沫《ちしぶき》があがった。切られた黒い左腕が鮮血を噴きあげながら、宙に舞う。

（やったか……!?）

地面に落ちていく左腕を目で追いかけながら、ふっと気をぬいた一瞬だった。

「これしきのことで、勝ったつもりか」

嘲るような声とともに、黒い腕が浮きあがり、千尋にむかって飛んでくる。

「うわっ！」

悲鳴をあげた瞬間、千尋の集中が途切れた。
霊力で抑えこんでいた青紫の茨の枝が、息を吹きかえす。
(ダメだ。やられる……)
「帰根復命《きこんふくめい》！」
とっさに、千尋は両手を打ち合わせ、叫んだ。
紫微大帝のまわりに、五本の白い光の柱が立った。
清い霊気が渦を巻く。
だが、黒い腕は光の柱にはおかまいなしに、千尋の喉《のど》につかみかかってきた。
「う……ぐっ……！」
「千尋ーっ！」
(来るな、燿！)
叫びたいのに、もう声が出ない。目の前が急速に暗くなってくる。
光の柱も薄れて消えた。
(ダメなのか、オレ……。もう死んじまうのか)
絶望的な想いがこみあげてくる。
ふいに、千尋の胸のなかに白豹《しろひょう》の姿がぼんやりと浮かんだ。
神獣は、勿忘草色《わすれなぐさいろ》の目でじっとこちらを視ているようだ。

（助けて……ください……神獣……。お願いです……）

無意識に、千尋は祈る。

（神獣……どうか……）

息が苦しくなって、懸命にもがく。

その瞬間、胸もとから金色の光が射してきた。

（え……？）

黒い腕が力を失い、ぼたっと地面に落ちた。腕は嫌な臭いの煙をあげながら、見る見るうちに縮んでいく。

光っているのは、端香《ずいこう》の種だ。

袍《ほう》の胸を透かして、金色の光があたりを照らしだしている。

（あれ？）

千尋は何度も目を瞬《しばた》いた。数秒後れて、自分の袍が変化していることに気づく。

青と白の絹の袍は、不思議な純白の衣に変わっていた。

衣は袖《そで》が広く、裾《すそ》が長い。帯には金糸銀糸で刺繍《ししゅう》が入っている。腰には短い裳《も》や腰布が幾重にも巻きつけられ、それがひらひらと揺れて、天女の衣のようだ。

衣の襟《えり》と袖口には、やはり金糸銀糸で刺繍がほどこされていた。

（女物……だよな）

どう見ても、男物ではない。
しかし、今はそんなことを気にしている余裕はなかった。
櫂が茨の枝に巻きつかれ、ぎりぎり締めあげられている。
「櫂ーっ！」
(助けなきゃ)
そう思った瞬間、身体が自然に動いた。
北斗七星を描くように石畳を七回踏み、身を翻して天に手のひらを向ける。
それは千尋自身には自覚はないが、あきらかに舞《まい》の動作だった。
どう動けばいいのか、自然にわかる。
この舞が、自分のなかに強い力を生み出していることも。
ゆるやかに舞うにつれて、足もとから金色の光が水の波紋のように広がっていった。
光の波紋が到達すると、櫂を縛《いまし》めていた茨の枝が青紫の水晶に変わり、砕け散った。
シャリーン！
つづいて、澄んだ音とともにあたりのすべての茨も砕け、消滅した。
「何だ、その舞は⁉　そのようなもの、打ち砕いてくれる！」
紫微大帝が驚きと怒りの声をあげ、石畳を強く蹴《け》った。
その足もとから、漆黒の波紋が広がる。

けれども、闇色の波紋は黄金色の波紋にぶつかると砕け、ぐずぐずになって消えていった。

「おのれ！　人間風情《ふぜい》が！」

憎悪の波動が伝わってくる。

しかし、千尋は舞いつづけた。舞うこと自体が敵に対する攻撃なのだと、なぜだかわかっていた。

自分が舞うたびに黄金の波紋が広がり、耀の霊力が高まっていく。

耀の全身が金色に輝きだす。

（耀……戦え。オレが手助けする）

心に念じると、それが通じたように耀がうなずくのが見えた。

千尋は舞いながら、ゆるやかに両手をあわせた。手のひらが純白に輝きはじめる。

光は千尋を包むように膨れあがっていく。

「な……！」

紫微大帝が動きを止める。

「今だ、耀！」

叫ぶのと同時に、耀の左手が一閃《いっせん》する。

渦巻く陰の気を貫いて、紅《あか》い符がまっすぐ紫微大帝の胸に吸いこまれていった。

紫微大帝は避けられない。

「急々如主命《きゅうきゅうじょしゅめい》！」

燿が叫んだとたん、紫微大帝の身体が黄金色に光って硬直した。

（いけるか……）

紫微大帝は懸命にもがいた。

「くっ……！　このような符ごとき……！」

紅い符の端が破れはじめ、プスプスと細い煙が立ち上ってきた。

（やばい……）

「急げ、燿！」

「わかっている！」

燿は九星剣を手にし、紫微大帝にむかって走った。

石畳を蹴って飛ぶ一瞬、燿の背に黄金の光の翼が生えたように視えた。

「禁！」

紫微大帝の胸に、逐妖《ちくよう》破邪《はじゃ》の文字が浮かびあがってくる。

真一文字に切り裂かれた紫微大帝の身体が、青紫に光った。

＊　　＊

同じ頃、毒々しい陰の気が渦巻く赤陽門前で、人々が身をよせあい、震えていた。

あまりにも陰の気が強すぎて、弱い老人や子供が次々に倒れ、動かなくなる。

崩れた門の下敷きになった門士は助けだされたが、あちこちで坊門が崩れているために安全な場所に運ぶことさえできない。

誰もが「もうダメだ」と思いはじめていた。

その時、ふいに鵬雲宮の奥のほうで空がカッと白く光った。

ごうっと強い風が吹きぬけていく。

陰の気は見る見るうちに吹き飛ばされ、消えていった。

「あ……おい！」

誰かが、鵬雲宮の一角を指さした。

役所の瓦屋根《かわらやね》のむこうに、見たこともない木が現れた。

まるで、十年分の成長を一瞬で見ているように、見る見るうちに枝がのび、幹が太くなり、空にむかってのびていく。

誰もが口をポカンと開けて、ながめていた。

不思議な木は幹が灰色がかった緑で、冬の最中だというのに林檎《りんご》に似た緑の葉を茂らせている。

やがて、木の梢《こずえ》は雲に届き、そのむこうに消えた。

大樹の枝に五弁の白い花が、無数に咲きはじめる。甘い芳香が風に混じった。

それは、冬の最中に咲くはずもない端香の花だった。

だが、なぜ巨木の枝に端香が咲いているのか、誰にもわからなかった。

亮天《りょうてん》のあちこちで、震えていた人々が外に出て、不思議な大樹に仰天している。

芳《かぐわ》しい香りとともに、はらはらと無数の白い花びらが舞い落ち、大地を浄化しはじめた。

「桃花巫姫が勝った……」

誰かが呟《つぶや》いた。

「勝ったんだ」

「桃花巫姫、万歳！」

しだいに、歓声が広がっていく。

ほどなく、天に届く巨木の遥か上のほうから、五つの金色に輝く点が降りてきた。

点は純白の獣たちだった。

亮天の一角で、それを目にした小さな男の子——小杏《しょうきょう》が叫び声をあげ、母親に知らせるために駆けだしていった。

＊　　＊

桃花巫姫、小松《こまつ》千尋と蓬莱王、龍月季の活躍により、紫微大帝は倒され、五体の神獣は甦った。

香貴妃、玉蘭《ぎょくらん》は意識が戻った時、すべての記憶を失っていた。

李《り》姜尚と楊叔蘭《ようしゅくらん》は瀕死《ひんし》の状態だったが、桃花巫姫と神獣の治療により、一命をとりとめた。

李睡江《すいこう》は亮天の屋敷で、怪我人《けがにん》たちの救助をしながら、空にのびていく巨樹を視た。

この事件の後、趙朱善《ちょうしゅぜん》は禁軍に戻った。数ヵ月後には、長風旅団《ちょうふうりょだん》の仲間たちから譲り受けた幼い大熊猫《おおくまねこ》の子と暮らしはじめた。

大巫子《たいふし》は小松千尋と尾崎《おざき》櫂に別れを告げ、七宝台《しちほうだい》を去った。

去る間際、あのビー玉は二代目の桃花巫姫の持ち物だと、千尋たちに話してくれた。

――二代目は小松絹子《きぬこ》といって、美しいかたであった。

――え？　小松絹子って……オレの曾お祖母《ひいばあ》ちゃんじゃん……！

大巫子は、千尋の曾祖母《そうそぼ》と仲のよい友人だったと打ち明けた。

——あの玉は、曾孫《ひまご》の御辺《ごへん》のためのお守りのつもりだった。……むこうの世界が視えたと？　それは私にも理由はわからぬ。だが、もともと、あれは絹子が異世界から持ってきたものだ。ということは、むこうにつながる何かがあったのかもしれぬ。

懐《なつ》かしそうにそう言うと、大巫子はつるりと顔を撫《な》で、仙客《せんきゃく》の姿に戻って雲に乗り、禍斗《かと》と一緒に空のむこうに消えていった。

丞相、崔烏陵は鵬雲宮の奥で倒れているところを彩王《さいおう》によって発見された。

烏陵は奇跡的に意識を取り戻した。

そして、彩王に命じて蓬莱王、龍月季を連れてこさせ、自分がすべての責任をとると宣言した。

——民に伝えましょう。こたびのことは、すべて私が仕組んだことなのだと。年若い王を利用し、国をほしいままにしようとしたのはこの私です。

——烏陵……それは違う。

——いいえ、そうなのです。月季さま、あなたは善き王として民を導いていかなければなりませぬ。悪をなした老人は去りましょう。

烏陵は万感の想いをこめて若い王を見、静かに言った。

——主上、あなたは負い目を感じてはなりません。どうか、私のぶんまで、蓬萊の行く末をお見届けください。桃花巫姫とともに国を救った偉大なる王として。

——そうしよう。……そなたに誓おう、崔烏陵。余はこの命があるかぎり、蓬萊を護ると。

王の言葉に、烏陵は初めて微笑《ほほえ》んだ。

——主上にお仕えできて、このうえもない幸福でございました。

烏陵はその言葉どおり、民の前で罪をかぶり、頭を下げて許しを請うた。

そして、自室に戻って自害しようとして、駆けつけた司馬《しば》に止められた。

烏陵はすべての責任をとって丞相の官を辞した。

罪人として蟄居《ちっきょ》を命じられた烏陵は、三年後、病でひっそりとこの世を去った。

亡くなるまでの数年間、司馬がすべての面倒をみた。

司馬もまた烏陵とともに官位を返そうとしたが、月季は許さなかった。

宮中が安定するまでには長い時間がかかる。その間、自分の側にいて烏陵のぶんまで働いてほしいと。

司馬は渋々ながら、説得に応じた。

王は、再び玉座に戻った。

落ち着いて今後のことを考えはじめた姜尚が、そうするように言ったからだ。

——この国は宮中から地方の里《むら》にいたるまで、王を頂点とした官僚社会になっている。

その序列をぶち壊せば、役人どもが動かねえ。神獣は甦ったが、蓬萊は疲弊《ひへい》しきっている。今、国の制度を一から作りなおしている余裕はねえ。おまえが玉座に戻るのが一番面倒がなくていい。

——御輿《みこし》が欲しいか。

尾崎櫂——月季は苦笑した。

——欲しいな。なるべく軽いやつがいい。

——ならば、御輿になってやらんでもない。その代わりといってはなんだが、李姜尚、今、丞相が官を辞し、三公に一つ空きができている。俺のもとで、丞相として働いてもらえないだろうか。

姜尚は、鳩《はと》が豆鉄砲を喰らったような顔になった。

——俺が三公？　冗談だろ。……おい……務まるわけねえだろ。

——今は信頼できる側近が一人でも欲しい。だから、側にいてほしい。

真顔で言われて、姜尚は顎《あご》を撫でた。

——まあ……そこまで言うならよ。引き受けてやってもいいかな。

月季は、ニヤリとした。

——せいぜい、うまくやることだ。国で第二位の権力者が王位を簒奪《さんだつ》するのも、よくある話だからな。

——堪忍してくれよ……ください、主上。

しょっぱい顔をした姜尚を見て、月季は声をあげて笑った。

その側で、どうなることかとはらはらしていた千尋もようやく胸を撫で下ろした。

千尋の足もとでは、白豹《しろひょう》が自分の前脚を舐《な》めている。

蘭州《らんしゅう》の神獣は再建された自分の祠堂には、あまり顔を出さない。千尋の側にいるほうが居心地がいいのだろう。

姜尚は梧州端城《たんじょう》に戻り、呂家と故郷を立て直すつもりだったが、それをあきらめ、王から賜《たまわ》った亮天の屋敷で暮らしはじめた。

屋敷には、呂紅蘭と女官の祥雲《しょううん》を引きとった。

呂紅蘭は別人のように物静かになり、口数が少なくなった。

数年後、姜尚は内々で呂紅蘭を妻に迎えた。

二人のあいだに生まれた男子は後に梧州の県城、端城に戻り、呂家を再興した。

荒廃していた端城は神獣の力で清められ、再び豊かな緑の地に戻った。

芳芳《ほうほう》と鈴鈴《りんりん》は、姜尚の屋敷で暮らしている。

この頃、蓬萊に一つの伝説が生まれた。

桃花巫姫は平和な時代になると大熊猫に変わり、のんびりと笹《ささ》を囓《かじ》りながら暮らすのだと。

安三娘《あんさんじょう》は、相変わらず亮天の下町で宿屋兼料理屋をきりもりしている。櫂の勧めにも、再婚する気はないようだ。

楊叔蘭は、神獣の待つ荊州の祠堂に戻っていった。

一人ではなかった。荊州には、小杏と母親がついていった。

小杏は、叔蘭のもとで巫子《ふし》の修行をはじめた。

後に、小杏は稀代《きたい》の巫子として人々の尊敬を集めるようになる。

そして、桃花巫姫、小松千尋は王の后妃《こうひ》となった。

今となっては、千尋が男だということを問題にする者はいなかった。誰もが、たとえ后妃が子を産まなくとも、寵妃《ちょうひ》たちがその役割を果たすだろうと楽観的に考えていたからだ。

しかし、王は后妃を迎えるにあたり、後宮を廃止し、寵妃を持たないことを宣言した。

＊　　＊

のどかな春の陽《ひ》が、亮天を照らしだしている。

〈崔烏陵の乱〉と呼ばれるようになった事件から、七年が過ぎた。

鵬雲宮の奥の白瑞殿《はくずいでん》に九層の高楼が完成して、丸一年。

一時は人気がなかった亮天の東西の市も、今は人でごったがえしている。

賑《にぎ》やかな大通りのむこうに城門があり、そのむこうにはどこまでもつづく緑の田畑が見えた。

蓬萊の気候は安定し、目に見えて田畑からの収穫は増えていた。

名丞相、李姜尚の音頭のもと、去年から亮天の下水道を整備する大工事も始まっている。

「陰の気一つない。すっかり綺麗になった」

空を見上げ、微笑んだのは大人びた表情の美しい青年だ。

栗色《くりいろ》の髪は背中までのばしている。はしばみ色の瞳には、幸福そうな光があった。身につけているのは、橙《だいだいいろ》色の袍だ。

后妃、小松千尋である。

背後からその腰を抱き、傍らに立つのは夫である黒髪の美青年、龍月季だ。

こちらも、以前にも増して落ち着きと威厳を身につけていた。

もっとも、千尋の側にいる時はもっぱら龍月季ではなく、尾崎櫂として過ごしているのだが。

「ここまでくるには、ずいぶんかかったな」

櫂もまた、感慨をこめて呟《つぶや》く。

「主上の努力のたまものですよ。荊州の果てまで何度も親征されて、地狼《ちろう》の生き残りを狩ってまわりましたからね。おかげで、オレは寂しい想いをしましたけど？」

「すねるな。おまえが待っているから、ここまでがんばれたわけだ」

王と后妃は顔を見合わせ、微笑みあった。

心地よい風が、二人の髪を揺らして通り過ぎていく。

その時、背後で穏やかな声がした。

「そろそろ、出発の時間ある」

二人が振り返ると、久しぶりに会う仙客の老人が立っていた。

千尋たちはうなずき、老人の後から高楼を降りていった。

やがて、たどりついたのは白瑞殿のかつての広間である。ここには昔、〈一元宝珠《いちげんほうしゅ》〉が祀《まつ》られていた。

老人が右手のほうを示す。

そこには、光の扉が開いていた。扉の横には、白豹がいた。

千尋と櫂は、一度、後ろを振り返った。

仲間たちとの別れは、もうとうにすませてきた。

二人の蓬萊での「寿命」は間もなく尽きる。

ついに子をなさなかった蓬萊王は跡継ぎに丞相、李姜尚を指名した。

民の人気と信頼を集める大熊猫好きの若い丞相は、よい王になるだろう。

呂紅蘭は、しかし、后妃にはならない。

紅蘭が産んだ息子もまた、蓬萊の王位は継がないと決められた。それが当人は覚えていないものの、犯した罪に対するせめてもの償いだった。

いずれ、姜尚は寵妃を迎え、王位を継ぐ太子《たいし》を産ませねばならない。姜尚にとってはつらいことだろうが、紅蘭は己の運命を静かに受け入れているようだった。

「行こう、千尋」

櫂が千尋の手をとり、光の扉にむかって歩きだす。

やがて、まぶしい光が二人を包み、すべてが白い輝きのなかに消えていった。

＊　　＊

トンと軽い音をたてて、千尋は公園に降りたった。足もとは、履き古したスニーカーだ。

(あれ？)

桜の花びらが舞い落ちてくる。

すぐ隣に、黒い袍をまとった櫂がくすぐったそうな顔で立っていた。

何か違和感があって、千尋は目を瞬いた。

いきなり、耀が若返っている。

そうして、耀の表情を見て、自分もまた十五の高校生に戻っているのに気がついた。身につけているのは、橙色の袍だったが。

「耀……」

「戻ったな」

ニコッと笑って、耀は千尋の肩に腕をまわしてきた。

少年たちは顔を見合わせ、微笑んで、キスをかわした。

青白い月の光が、よりそう恋人たちを静かに照らしだしている。

やがて、指をからめあい、家に戻りはじめる二人の上に桜の花びらがいっせいに降りかかってきた。

〈参考図書〉

『山海経　中国古代の神話世界』（高馬三良訳・平凡社ライブラリー）
『中国服飾史　五千年の歴史を検証する』（華梅著／施潔民訳・白帝社）
『図説　日本呪術全書』（豊島泰国・原書房）
『図説　日本未確認生物事典』（笹間良彦著・柏書房）
『道教の本』（学習研究社）

あとがき

はじめまして。岡野麻里安《おかのまりあ》です。前の巻も読んでくださっているみなさまには、こんにちは。お待たせしました。「桃花男子《とうかだんし》」シリーズ最終巻『花は蒼天《そうてん》に舞う』をお届けします。


ついに主人公、小松千尋《こまつちひろ》と親友の尾崎櫂《おざきかい》の長い旅に決着がつきます。

二人が何を考え、何を選んで、どこにたどりついたのか、見届けてください。

精一杯、がんばって書きました。楽しんでいただけたら幸いです。


第三の巻『王は運命《さだめ》に惑う』のご感想のこと。

圧倒的だったのが「二人が結ばれて、よかった」というご感想です。

それから、「白猫がむこうの世界に行っちゃって大丈夫なのか」というのも多かったです。

髭部《ひげぶ》のみなさまには「李姜尚《りきょうしょう》があまり活躍していなくて残念でした」と言われてしま

いましたので、今回は活躍シーンを増やしました。

さて、次回の作品ですが、すみません。「鬼《き》の風水」シリーズの外伝『秋の章』を予定しておりましたが、編集部から「新作を優先してほしい」と言われまして、いろいろお話し合いの末に新シリーズをスタートさせることになりました。楽しみにしていてくださったみなさまには、大変申し訳なく思っております。本当にごめんなさい。『秋の章』は新シリーズの後にかならず書きますので、どうかご安心くださいね。

そんなわけで、次回作は現代日本が舞台で、妖怪《ようかい》ものです。

以前書いた「少年花嫁《ブライド》」シリーズとはまた違った切り口で、人と妖怪の物語を書いてみようと思います。

舞台は絆《きずな》を両替する悪徳両替商、玉屋《たまや》の店内。……と妖《あやかし》の町、累町《かさねまち》、そして、人間の住む現代日本です。

主人公は常に不運に見舞われる不運体質の高校一年生、八雲泉《やくもいずみ》。

泉にちょっかいをかけてくるのは、玉屋の社長で軟派な美青年、諏訪雪彦《すわゆきひこ》。

——うちは、絆だけじゃなくてキスも両替できるんですよ。両替してみますか？

——キスを両替ってなんだよ⁉

——君がこれからの人生で経験するキスを、妖の世界のお金に両替するんです。遊びのキスなら安いし、本気のキスならたった一度でも高いお値段がつきます。これからの人生で、一度もキスをする機会がないなら、両替はできません。ああ、それから、私のポリシーで男同士のキスはとりあつかいませんので。

——両替したら、どうなるんだよ？

——将来、そのキスをする機会はなくなります。両替した金額に利子をつけて返していただければ別ですが。君の人生のキスの数を査定するだけなら、キスはなくなりませんよ。査定してみますか？

——お断りします。

……というようなお話になる予定です。基本は人情話です。玉屋の商売敵《しょうばいがたき》の鍵屋《かぎや》や、悪徳両替商を取り締まる妖怪警察の刑事も出てきます。

予定では全四巻。よろしければ、こちらも読んでいただけるとうれしいです。

最後になりましたが、素敵なイラストを描いてくださった穂波《ほなみ》ゆきね先生、本当にありがとうございます。最終巻の表紙も楽しみにしております。

また、お名前は出しませんが、ご助力ご助言くださったみなさまに心からの感謝を捧《ささ》げます。

そして、この本を手にとってくださった、あなたに。
ありがとうございます。楽しんでいただけたら、うれしいです。
それでは、機会がありましたら、またどこかでお会いしましょう。

岡野麻里安

岡野麻里安《おかのまりあ》先生の「桃花男子《とうかだんし》」第四弾、『花は蒼天に舞う』、いかがでしたか?
岡野麻里安先生、イラストの穂波《ほなみ》ゆきね先生への、みなさんのお便りをお待ちしております。

岡野麻里安先生へのファンレターのあて先
〒112-8001　東京都文京区音羽2-12-21　講談社　文芸X出版部「岡野麻里安先生」係
穂波ゆきね先生へのファンレターのあて先
〒112-8001　東京都文京区音羽2-12-21　講談社　文芸X出版部「穂波ゆきね先生」係

N.D.C.913　318p　15cm

岡野麻里安（おかの・まりあ）

講談社X文庫

猫と紅茶と映画が好き。たまにやる気を出して茶道や香道を習うが、すぐに飽きる。次は着付けを習おうかと思っているが、思っているだけで終わりそうな気もする。

・PC版HP「猫の風水」
http://www003.upp.so-net.ne.jp/jewel_7/
・携帯版HP「仔猫の風水」
http://k.fc2.com/cgi-bin/hp.cgi/fusui8/

white heart

花《はな》は蒼天《そうてん》に舞《ま》う　桃花男子《とうかだんし》

岡野麻里安《おかのまりあ》

●

2008年11月5日　第1刷発行

定価はカバーに表示してあります。

発行者――野間佐和子
発行所――株式会社　講談社
東京都文京区音羽2-12-21　〒112-8001
電話　編集部　03-5395-3507
販売部　03-5395-5817
業務部　03-5395-3615
本文印刷－豊国印刷株式会社
製本――株式会社千曲堂
カバー印刷－半七写真印刷工業株式会社
本文データ制作－講談社プリプレス管理部
デザイン－山口　馨

ISBN978-4-06-286571-5